MEU LOTE
CRÔNICAS

NEI LOPES

MEU LOTE
CRÔNICAS

SELEÇÃO E ORGANIZAÇÃO:
MARCUS FERNANDO

numa
EDITORA

2019 © Nei Lopes
2019 © Numa Editora

Coordenação geral:
Numa Editora

Conselho editorial:
Adriana Maciel
Fred Coelho
Lia Duarte
Mauro Gaspar
Raïssa de Góes

Seleção e organização:
Marcus Fernando

Edição:
Adriana Maciel

Assistente de edição:
Valéria Campos

Imagem da capa:
Eliane Terra

Projeto gráfico e diagramação:
Mari Taboada

	Lopes, Nei -
L864m	Meu Lote: crônicas – Rio de Janeiro: Numa, 2019.
	312 p.; 21 cm.
	ISBN 978-85-67477-25-1
	1. Cultura brasileira. Crônicas. Título.
	CDD – 306

Editora Numa
www.numaeditora.com
contato@numaeditora.com

SUMÁRIO

Apresentação 11

COISA DA ANTIGA

Seropédica e a Marquesa 17
A Fazenda de Santa Cruz e os "Pontos de Cultura" 18
Para deputado federal, Frei Baraúna! 21
As escolas de samba vêm do tempo de Dom João Charuto 23
Uma história muito antiga 27
Olodum e Antigo Egito 29
Xixi de cócoras é coisa de egípcio 31
Tales, de Mileto e da mironga 33
De iorubás e pentecostais 35

TEMPO DE DONDON

Os netos do Jonjoca 39
Os que fizeram minha cabeça 42
Giuseppe Ghiaroni (Da série "Os que fizeram minha cabeça") 44
Madureira não chora mais 46
A conjuntivite no tempo de Dondon 48

NEGRO MESMO

Consciência negra 53
1964: Nossos heróis na resistência 55
Abolicionismo, Inglaterra e caridade 57

Sè lè koulèv mouri, ou konn longè li 61
Traduzindo o iorubá 63
Chega de escravidão! Ou não? 66
O afoxé 68
Bertoleza e o treze de maio 70
De línguas negras e outros papos 73
De fato, pretos e pardos são negros – e de direito também 75
Procura-se Angelina Jolie, urgente! 77
A Iemanjá de Madureira e a *Vírgen de Regla* 79

GOSTOSO VENENO

A caravana passa 85
Preto Velho e o Dia da Cultura 88
Fazer o quê? 90
A Fama e a Glória (Soneto sincopado) 92
Um brinde à vida: Guaraná Fonseca! 93
Creative Commons no Lote 95
Ray Charles no Ministério da Cultura 97
Tabernáculo versus Arca da Aliança 98
O rock brasileiro é coisa séria 100
My Lot Entertainment Inc. apresenta: Mais um capítulo do samba 102
O último pagode do Andinho 107
Dança de velho 109
¿Por qué no te callas? 111
O rei do gatilho no Morro do Supremo 114

LAÇOS E PEDAÇOS

Drummondiando no Lote 119
À mesa 121
Ê, Irajá! O samba já não é a única coisa... 122
O sorriso do velhinho 125

O jingle e o samba 128
Mestre Zuenir, nós e Shakespeare no "pagode" literário 130
Havana, Havana, Havana... 133
Esto es la cosa (Da série "Reflexões às vésperas dos 65 anos") 135
Uma história de Ifá 137

MALANDROS MANEIROS

Donga, um retrato ampliado 141
Seu Hilário, hmmm... Não foi mole, não! 145
Xangô, uma tremenda honra 147
Eu e Monsueto 150
Tantinho e a "pujança da Natura" 152
Um certo senhor Alcides (Da série "Os que fizeram minha cabeça" 154
Erlon Chaves, veneno ou mocotó? 158
Filipão, meu compadrão 161
Partido lá no alto pro Camunguelo (Cláudio Lopes dos Santos, 6.6.1947 – 24.12.2007) 163
Ibrahim Ferrer e o nosso cunhado 166
João Bosco violando no Lote 168
Pelé eterno 169
O sapato do seu Geraldo 170
Obrigado, bateria 172

O SAMBA SEMPRE FOI SAMBA

Unesco e samba 181
Vovó Rosária e o pagode de butique 183
O Renascença e o Dia de Samba 185
Em 1973, um grande encontro nacional do samba 187
1974, o ano que não termina 189

Grande Rio, anos trinta   191
Bololô em Cururupu   194

MORRENDO DE SAUDADE

Oh, tempos... Oh, sabores!   199
Entre a abstenção e a abstinência   201
Banho de mar à fantasia   203
Reminiscências carnavalescas – 1   205
Reminiscências carnavalescas – 2   207
Reminiscências carnavalescas – 3   209
Vendo a Vila campeã, lembrando Jarrão   211
Sarita, *La Violetera, y yo*   214
"Aqueles rapazes que dançam"   217
Saudade, palavra cruzada (Da série "Os que fizeram minha cabeça")   219
"Cariocaçamba" – Uma orquestra carioca de samba   221
Paulinho, você não precisa pedir licença!   224
O ouro negro e o mascavado – Moacir Santos (1926-2006)   226

REMANDO CONTRA A MARÉ

Um pouquinho de filosofia   231
Direito autoral... Só a pau? Um parábola da Belle-Époque   232
Charles Aznavour pintou no Lote   235
Ser ibérico tá dando ibope   237
Hip hop, violência, juventude e samba   239
Cidadania desafinada   241
Treze de maio, o resgate   243
Raça não existe. E daí?   246
O protesto negro e a indústria do entretenimento   249
Ressonâncias magnéticas da consciência negra   252

Fato consumado: Djavan despetala a flor-de-lis
e toca fogo no capim do cerrado 255
Já vi esse filme: chega! 258
Mandela e a farra no motel de Realengo –
Um episódio exemplar 261
O shopping e o samba 264
Você sabe o que é *zeitgeist*? 266
O "sertanejo" é antes de tudo um chato 269
Mojubá, excelências! 272
A "raça amaldiçoada de Cam" e as eleições de domingo 274
Me and Ms. Rice 277
Se você quer ser meu amigo... 280

BOLOLÔ

Mania de dicionário 285
Dicbest, o dicionário de besteiras 289
Títulos (honoríficos) sem protesto 290
O samba recebendo 292
Da série "O samba recebendo"... em São Paulo 293
Os melhores do ano 294
Linhas de alfe 296
O espírito olímpico na Baixada 298
Marina e a prova da vela 299
Se correr, o bispo pega. Se ficar... 301
Bumbum praticumbum prugurundum 302
O Rede Globo 303
A convenção de Genebra e outros tratados 304
Parreira e a pomadinha japonesa 306
Mambo jambo na favela 308
O bom velhinho de Irajá (Conto de Natal, RN) 311
Aquecimento global 313
Vocação contrariada e justa causa 315

APRESENTAÇÃO

Em 2003, quando as crônicas deste livro começaram a ser publicadas na internet, o samba já não era "a única coisa" que Nei Lopes – como ele diz em um de seus sambas – podia dar ao Irajá, bairro da zona norte carioca onde o sambista que virou escritor nasceu. Ele já havia publicado mais de dez livros desde sua primeira incursão na literatura com o ensaio "O Samba, na Realidade", quase vinte anos antes. Mas foi nesse período que sua produção literária começou a ganhar corpo. Os textos aqui apresentados captam Nei no auge de um jorro criativo que resultaria, de lá pra cá, em mais de vinte livros, entre romances, dicionários, livros de história, poesia, coletâneas de contos e até uma enciclopédia, chegando a um total de 35 obras publicadas – número que certamente estará desatualizado quando você estiver lendo essas linhas, já que sua produção tem chegado a 3 ou 4 trabalhos por ano.

Não bastasse o que produzia na intenção de publicar em livro, Nei vivia escrevendo crônicas por puro prazer. Vez ou outra uma delas ganhava as páginas de algum jornal, mas o que ficava inédito era tanto (e com tamanha qualidade), que eu – um privilegiado leitor desses textos por conta de nossa amizade - propus a criação de um *blog* para desovar esse material. Enquanto muitos tinham um *site* (sítio), Nei resolveu chamá-lo de Meu Lote.

Com a possibilidade agora de que os textos chegassem a um grande público, e com a novidade da interação com os leitores através dos comentários, ele começou a se dedicar ainda mais às crônicas escritas especialmente para a internet, com a total liberdade de temas, forma e tamanho que o meio oferece.

A seleção que você tem em mãos vai até 2008, um período de cinco anos em que centenas de textos chegaram ao Meu Lote, num caldeirão com os mais variados assuntos e tons. Ele trata de história, do samba, de questões do negro, traça perfis de personagens curiosos, lembra os tempos de garoto e expõe seu pensamento crítico sem nenhuma censura.

São textos que compilados acrescentam mais um volume a uma extensa e brilhante trajetória literária, com um estilo próprio que o faz ingressar na galeria de grandes cronistas cariocas.

MARCUS FERNANDO

COISA
DA
ANTIGA

SEROPÉDICA E A MARQUESA

Parte da antiga Fazenda Real de Santa Cruz, o município fluminense de Seropédica, emancipado de Itaguaí há sete anos, tem a origem de seu povoamento na antiga Companhia Seropédica Fluminense, dedicada ao beneficiamento da matéria-prima têxtil extraída do bicho-da-seda, no Segundo Império. Antes disso, segundo historiadores locais, o imperador Pedro I, numa estratégia diabólica, teria nomeado o marido abandonado da sua Marquesa de Santos, alferes Felício Pinto Coelho de Mendonça, administrador de uma feitoria na região.

Ao saber, entretanto, de uma carta insultuosa enviada por Felício ao irmão da Marquesa, D. Pedro teria vindo até o atual município de Seropédica, na altura do km 42 da Estrada Rio-São Paulo. Ali, teria chicoteado no rosto o marido abandonado, obrigando-o a assinar um documento em que renunciava expressamente à mulher.

Essa informação me veio através de matéria escrita pelos pesquisadores Marcello Gomes e Cláudio Merchiori ("Seropédica também foi palco de escândalo de D. Pedro I"), publicada no jornal *Seropédica*, em setembro, 2002.

É, malandragem... a rapaziada da periferia também resgata sua História!

A FAZENDA DE SANTA CRUZ E OS "PONTOS DE CULTURA"

Pousada com biblioteca? É ruim, hein! Ainda mais em balneário de classe média. A rapaziada quer mesmo é piscina, churrasco, cerveja gelada, pagode e umas menininhas pra "ficar". E os coroas, coitados, estão com a vista cansada...

Mas o fato é que, contrariando os prognósticos, em uma de nossas últimas andanças lítero-políticas, acabamos de encontrar uma pousada com livros. E, entre eles, um fabuloso: *As Barbas do Imperador*, de Lília M. Schwarcz.

No livrão, sobre a vida daquele velho de barbas brancas que, por incrível que pareça, era filho daquele galante e fogoso jovem de cabelo e barba pretos, várias referências à música feita pelos negros no Rio de Janeiro colonial e imperial.

Ficamos sabendo, por exemplo, que a Orquestra dos Pretos de São Cristóvão, mantida na Quinta da Boa Vista, era apenas um dos muitos exemplos de bandas de música de escravos criadas para a exibição de poder dos senhores nas fazendas cariocas e fluminenses, como em outras localidades brasileiras. Vimos fotos de uma banda negra do Vale do Paraíba, com doze figuras, entre as quais uns cinco ou seis meninos empunhando ou soprando clarinetes, requintas e *cornets-a-piston*, como outrora chamavam o instrumento que fez a fama do nosso grande Darcy da Cruz, que é de Vaz Lobo.

Sobre a Fazenda de Santa Cruz – em cujos antigos domínios hoje o Lote se situa – soubemos que, desde o tempo dos jesuítas, antes de Dom João VI, escravos e escravas adolescentes nela eram iniciados nas artes da chamada "música sacra", cantando em corais e executando instrumentos. E desse "Conservatório de Santa Cruz", como era chamado, saíram grandes músicos negros, como Salvador José, mestre do célebre Padre José Maurício (não! Machline é meu amigo mas é outro!); o cantor Joaquim Manoel; as cantoras Maria da Exaltação, Sebastiana e Matildes, todos depois integrantes do corpo musical da Real Capela do Paço da Boa Vista – na saudosa "Quinta"–, em cujo lago, no final do ano letivo de 1956, meu amigo Gilberto Nascimento viu afogar-se, entre brahmas e brumas, um clarim surrupiado da bandinha da escola fundada por seu venerando pai.

Digressões e pilequinhos juvenis à parte, em 1818 a Banda de Santa Cruz foi incrementada. E na década de 1830 o conjunto contava com seis cantoras e trinta instrumentistas, destacando-se entre estes o flautista Antônio José que, cerca de trinta anos depois, por obra e graça de seu talento e sua arte, seria alforriado por Sua Majestade o velho de barbas brancas.

O livro, é claro, não conta o que aconteceu com as bandas de escravos após a Abolição. Mas sabemos que a experiência frutificou em estabelecimentos públicos de ensino profissionalizante destinados a jovens carentes, como o Colégio João Alfredo, antigo Asilo dos Meninos Desvalidos, em Vila Isabel, e mais tarde em escolas como Ferreira Viana, Souza Aguiar e Visconde de Mauá – em cuja banda o punho do hoje Velhote do Lote "avisava" o início dos dobrados e segurava o repuxo até a porrada final.

Tempo bom! Em que a garotada, se quisesse, aprendia música à vera, sem caô, de verdade. Um pouquinho diferente dos "Pontos de Cultura do Brasil", programa oficial do MinC, onde verbas públicas são destinadas a montagens de "fábricas de hip-hop", já que o Ministério, segundo alguns de seus porta-vozes, "olha para esse tipo de coisas não com preconceito, mas sim como se elas fossem oportunidades de negócios".

É aí que voltamos para a pousada. Pra tomar cerveja e comer churrasco, é claro! Que esse negócio de biblioteca é meio chato e nossa vista (como nosso saco) já anda meio cansada.

PARA DEPUTADO FEDERAL, FREI BARAÚNA!

Conta Damasceno Vieira em *Memórias históricas brasileiras (1500-1837)*, publicado na Bahia em 1903, que o frei Francisco Xavier de Santa Rita Bastos Baraúna era da pá-virada. De dar nó em pingo d'água, como muitos políticos de hoje.

Nascido na Bahia no ano de 1785 e falecido em 1846, o frei era mais amante dos folguedos do mundo profano do que dos misticismos do claustro. Assim – escreve Vieira –, "consagrou o melhor de sua existência à paixão do jogo, do vinho e das mulheres, pelo que sofreu muitas prisões no cárcere de seu convento".

Uma ocasião, entretanto, teve que sair correndo da mesa do jogo para o púlpito, pois esquecera da missa da noitinha. E saiu sem ter tempo de esconder o baralho na manga do hábito.

Introibo ad altare, ao persignar-se, genuflexo (gostaram?), caíram-lhe algumas cartas no chão. Sem perturbar-se, Frei Baraúna mandou que um menino as apanhasse e lhe dissesse que cartas eram.

O menino obedeceu, mostrando conhecer os naipes. O frade ordenou-lhe em seguida que rezasse o "crem Deus Padre" e, como o menino declarasse não saber a reza, Frei Bastos começou:

– Vejam, senhores e senhoras paroquianos! Este menino conhece todos os naipes do pernicioso baralho e é incapaz de rezar o Credo...

E, a partir daí, improvisou um sermão eloquentíssimo, de quase uma hora, sobre os vícios e a educação religiosa da mocidade, merecendo calorosos aplausos pelo encanto de sua palavra fluente e luminosa.

Pois é isso aí, gente boa! Frei Baraúna 1771. Para Deputado Federal!

AS ESCOLAS DE SAMBA VÊM DO TEMPO DE DOM JOÃO CHARUTO

Os historiadores do carnaval brasileiro costumam ver suas origens remotas na Roma antiga, como contou a Beija-Flor há alguns anos. Mas o fato é que os festejos, embora atrelados ao calendário católico, têm também, sob alguns aspectos, raízes na África negra, encontrando similares em várias culturas africanas. Em Gana, por exemplo, entre os povos Akan (fantis e axantis) é comum a realização de um grande festival anual, o *odwira*, seguido de um longo período de recolhimento e abstinência, como na quaresma. Certamente devido a essa similitude, as celebrações carnavalescas nas Américas devem sua alegria e seu brilho, fundamentalmente, à música dos afrodescendentes. Assim foi e é nos ranchos carnavalescos, escolas de samba, afoxés, blocos-afro etc, no Brasil, no candombe platino, nas comparsas cubanas, no Mardi Gras, nas Antilhas e em New Orleans.

Nas Antilhas, o carnaval foi introduzido pelos católicos franceses, que costumavam estendê-lo por um bom tempo antes de enfrentarem os rigores da quaresma, sendo que, na Martinica, o costume foi adotado por volta de 1640. Isolados pela sociedade dominante, os escravos uniram-se para celebrar o carnaval à sua moda, com a música e a dança de sua tradição, introduzindo, na festa europeia, além de seus instrumentos, também suas crenças e seu modo de ser. As festividades do carnaval martiniquenho, o *kannaval*, expressam-se em um peculiar estado de espírito, transmitido de geração a geração. A cidade de Saint Pierre foi, durante muito tempo, o ponto culminante da festa na ilha, tendo sua fama se estendido por todo o Caribe, atraindo, a cada ano, milhares de visitantes de todo o mundo.

Depois da devastadora erupção vulcânica de 1808, a tradição carnavalesca reviveu em Fort-de-France, a nova capital, onde, hoje, os preparativos têm início na epifania, em meados de janeiro, quando o povo começa a se animar, e se estendem até a quarta-feira de cinzas. Durante esse período, e no carnaval propriamente dito, a cada domingo, grupos fantasiados saem às ruas em trajes variados: casacos velhos, trajes fora de moda, chapéus rasgados, bem como fantasias brilhantes e coloridas de arlequim, pierrôs e diabos. As máscaras também têm lugar destacado na festa. E além das que homenageiam ou criticam personalidades do momento, como artistas, políticos etc, há as relacionadas à morte, cheias de simbologias africanas – das quais Aimé Césaire encontrou o significado em rituais da região de Casamance, no norte do Senegal (cf. Alain Eloise). No Haiti, de um modo geral, o carnaval é celebrado dentro desse mesmo espírito e com traços semelhantes aos carnavais do Brasil, de Trinidad e da Louisiana. Em Port-au-Prince, o visitante vai encontrar os mesmos desfiles, festas e fantasias criativas que se veem nesses lugares.

No Brasil, desde pelo menos o início do Século XIX, a participação do povo negro nos folguedos carnavalescos sempre foi marcada por uma atitude de resistência, passiva ou ativa, à opressão das classes dominantes. Proibidos por lei de, no entrudo, revidarem aos ataques dos brancos, africanos e crioulos procuravam outras maneiras de brincar. Tanto assim que Debret, entre 1816 e 1831, flagrava uma interessante cena de carnaval em que um grupo de negros, fantasiados de velhos europeus e caricaturando-lhes os gestos, fazia sua festa, zombando dos opressores e criando, sem o saber, os cordões de velhos, de tanto sucesso no início do século XX.

Entre 1892 e 1900 surgem, no carnaval baiano, pela ordem, a "Embaixada Africana", os "Pândegos D'África", a "Chegada Africana" e os "Guerreiros D'África", apresentando-se em forma de préstitos constituídos única e exclusivamente de negros. Essa modalidade carnavalesca ("a exibição de costumes africanos com batuques") é proibida em 1905 na Bahia. Exatos dois anos depois, surge no Rio de Janeiro o rancho carnavalesco "Ameno Resedá" que, pretendendo "sair do africanismo orientador dos cordões" (cf. Jota Efegê), conquista, com seus enredos operísticos, um espaço importante para os negros no carnaval carioca, cimentando a estrada por onde, mais tarde, viriam as escolas de samba.

Mas a gênese do carnaval negro brasileiro, a dos cortejos que geraram as escolas de samba, talvez esteja mesmo é em 1808, no Rio, quando das festas em homenagem à família real que aqui chegava. Vejamos esta descrição dos viajantes John e William Robertson, transcrita no precioso livro de Mary C. Karasch, "A vida dos escravos no Rio de Janeiro – 1808-1850" (Companhia das Letras, 2000):

"Em frente avançavam os grupos das várias nações africanas, para o campo de Sant'Anna, o teatro de destino da festança e da algazarra. Ali estavam os nativos de Moçambique e Quilumana, de Cabinda, Luanda, Benguela e Angola [...]

"A densa população do campo de Sant'Anna estava subdividida em círculos amplos, formados cada um por trezentos a quatrocentos negros, homens e mulheres.

"Dentro desses círculos, os dançarinos moviam-se ao som da música que também estava ali estacionada; e não sei qual a mais admirável, se a energia dos dançarinos, ou a dos músicos. Podiam-se ver as bochechas de um atleta de Angola prontas a arrebentar pelo esforço de produzir um som hediondo de uma cabaça, enquanto outro executante dava golpes tão abundantes e pesados no tímpano que somente a natureza impenetrável do couro de um boi poderia resistir-lhes. Um mestre-de-cerimônias, vestido como um curandeiro, dirigia a dança; mas era para estimular, não para refrear, a alegria turbulenta que prevalecia com supremo domínio. Oito ou dez figurantes iam e vinham no meio do círculo, de forma a exibir a divina compleição humana em todas as variedades concebíveis de contorções e gesticulações. Logo, dois ou três que estavam no meio da multidão pareciam achar que a animação não era suficiente, e com um grito agudo ou uma canção, corriam para dentro do círculo e entravam na dança. Os músicos tocavam uma música mais alta e mais destoante; os dançarinos, reforçados pelos auxiliares mencionados, ganhavam nova animação; os auxiliares pareciam envoltos em todo o furor de demônios; os gritos de aprovação e as palmas redobravam; cada observador participava do espírito sibilino que animava os dançarinos e os músicos; o firmamento ressoava com o entusiasmo selvagem das clãs negras [...]"

Que tal? Digam se não parece que foi aí que nasceram o diretor-de-harmonia, a bateria, as pastoras... hein?

UMA HISTÓRIA MUITO ANTIGA

Emergindo já da diáspora, mergulho agora na Antiguidade africana, com vistas a um novo dicionário. Estou indo beber em respeitadas fontes da História afrocentrada, para mostrar, por exemplo, que o Egito não era tão clarinho assim como Hollywood nos ensinou. E que o saber que dele emanou, através de gente como Platão, Aristóteles, Euclides e Hipócrates, que lá estudaram, veio de dentro do continente, das antigas Núbia e Etiópia, de onde o país recebeu também mais de trinta faraós, tão escurinhos quanto Pelé, Sabará, Milton Nascimento, Acerola e Laranjinha.

Mais ou menos de 332 a 30 AC, o Egito esteve sob domínio grego – taí a bela Cleópatra, última soberana desse período, que não me deixa mentir! Dispostos a colonizar culturalmente o povo local, os gregos tornaram sua língua a oficial em Alexandria, impuseram nomes gregos às localidades e até mesmo a faraós, proibiram os nacionais do país de frequentar o museu e a biblioteca lá existentes, bem como de exercer atividades comerciais. No âmbito da religião, os gregos organizaram uma comissão de teólogos, incluindo sacerdotes da terra, para compatibilizar, através de sincretismo, as divindades das duas culturas, o que redundou em deturpação e abastardamento de muitas das concepções originais.

É por isso que sábios como o grão-sacerdote Imhotep, que viveu por volta de 2000 AC, destacando-se como astrônomo, matemático, arquiteto e principalmente como o grande patrono das artes médicas, sendo venerado como deus pelos próprios gregos, é hoje um ilustre desconhecido diante do nome de Hipócrates – por força de um helenismo "sencillamente hipócrita", num bolero que a gente já está careca de escutar.

OLODUM E ANTIGO EGITO

O Velhote do Lote recebeu uma homenagem do Olodum em 2005. A famosa instituição, neste ano, no carnaval, através de seu bloco-afro, homenageou o "casal solar", Akenaton e Nefertite. E por uma dessas "coincidências" que a gente aqui em casa conhece como sincronicidade, o Coroa aqui já estava mergulhado na elaboração de um *Dicionário da Antiguidade Africana*, que veio a ser publicado em 2011, no qual o Egito tem papel fundamental.

Saibam os visitantes deste *Lote* que os melhores faraós egípcios viam as terras ao sul de seu território (Núbia, Cuxe e Etiópia), a ele ligadas pelo dadivoso rio Nilo, como o local de origem de seus deuses e muitas de suas tradições. Tradições essas em que os principais filósofos gregos e até mesmo reis hebreus, como o "mulatólogo" Salomão – espécie de Sargentelli sem ziriguidum – foram beber. E que deram origem a uma filosofia chamada "hermética" (os gregos sincretizaram Toth, deus egípcio do saber, com o seu Hermes) difundida pelo mundo. Só que quando esse alto conhecimento se tornou respeitado, começou-se a negar que ele tivesse sido formulado num país africano e a partir de saberes enraizados no mais profundo do continente.

"Egípcio negro? Qual! Negro nunca construiu civilização nenhuma!" – S.M. o Racismo meteu a boca nas trombetas.

Sem saber que Menés ou Narmer, o unificador, foi um negão; que vários faraós, principalmente da 18ª eram originários da Núbia; e que uma dinastia inteira, a 25ª, que governou o país por mais de 100 anos era constituída por faraós do país de Cuxe, tidos como "etíopes".

É claro que não vamos sair por aí quebrando o barraco, mostrando o retrato dos mulatões Anwar Sadat e Gamal Abdel Nasser pra dizer que tudo quanto existe no Vale do Nilo, e principalmente no Delta, é coisa de crioulo. *Pero que las hay, las hay...*

Verdadeira encruzilhada (em todos os sentidos), o velho Egito recebeu povos e influxos étnicos e culturais da Mesopotâmia, do Mediterrâneo etc, e também da África Profunda. Foi um puta caldeirão, mesmo! Agora... é preciso que se veja o seguinte:

Com base no fato de que, nos dias atuais, alguns grupos étnicos da África oriental e central, como tutsis, massais etc – de elevada estatura e pele escura – apresentam o que se convencionou ver como "perfil grego" ou nariz adunco, tipo visto como "semítico", alguns antropólogos recusam-se a enquadrar esses tipos como negro-africanos. Entretanto, na defesa de interesses políticos e econômicos, pensamento da mesma linha eurocêntrica, principalmente nos EUA, qualificam modernos afro-mestiços, mesmo com "perfil grego", "nariz hamítico" ou cabelos lisos, como mulatos, *colored*, oitavões, quadrarões etc, pospondo-lhes, sem hesitação, o qualificativo, muitas vezes derrogatório, de "negros".

Os antigos egípcios se autorrepresentavam, na iconografia que chegou até nós, em vários tons de pigmentação: do ocre (geralmente para as mulheres, que talvez não pegassem sol) até o "marcelinho-moreira" ou "carlinhos-sete-cordas" – classificação que acabo de inventar, para homenagear dois grandes músicos e amigos, orgulhosos de sua negritude.

Então, fim de papo, meu rei! Viva o Olodum!

XIXI DE CÓCORAS É COISA DE EGÍPCIO

Esta minha mania de fuçar velharias tem me revelado cada uma!
É o caso, agora, de um certo sr. Heródoto, que não era barbeiro nem da CBN, e que me voltou, cinquenta anos depois do ginásio, através de um livrinho da Ediouro (*Clássicos de Bolso: História: s/d*) achado no sebo.
Heródoto, que não era barbeiro, mas dava aula de geografia, viveu na Grécia mais ou menos entre 484 e 420 A.C. e acabou sendo considerado "o pai da História". Dando um rolé bacana pelos povos vizinhos e contemporâneos do seu, escreveu coisas muito interessantes. Sobre os egípcios, por exemplo.
Através dele, fiquei sabendo, entre outros mexericos, que, no Egito Antigo, a urina de uma mulher que nunca tivesse contato com outro homem além do marido, curava cegueira (pág. 117); que egípcio não beijava mulher grega na boca, nem se servia da faca, do pincel ou da marmita de um grego (pág. 100), imagina-se porque; e que a rapaziada egípcia evitava a companhia de pessoas de pele clara e cabelos louros (pág. 140), chegando, em tempos remotos, a sacrificar a Osíris pessoas assim.
Sobre a disposição desses morenos, conta o historiador que, certa ocasião, instado pelo faraó a não passar, com suas tropas, para o lado dos inimigos etíopes, abandonando seus

deuses, esposas e filhos, um bravo e malcriado comandante egípcio mostrou ao soberano o chamado instrumento da virilidade e disse: "Por toda parte onde levarmos isto, encontremos mulheres e teremos filhos!".

O velho Heródoto me contou também que, no Egito Antigo, as mulheres urinavam em pé e os homens de cócoras (pág. 98), certamente por alguma razão prática. E comparando a aparência do povo do Egito com o da Cólquida, país vizinho, o Pai da História escreveu – vejam bem – isso aqui, ó:

"Sempre me parecera que os Colquidianos eram Egípcios de origem, e foi para certificar-me disso que resolvi sondar uns e outros. Os Colquidianos tinham mais reminiscências dos Egípcios do que estes daqueles. Os Egípcios pensam que esse povo é descendente de uma parte das tropas de Sesóstris, e eu pensava da mesma maneira por dois motivos: primeiro, por serem os Colquidianos negros e possuírem cabelos crespos (...); segundo e principalmente porque os Colquidianos, os Egípcios e os Etíopes foram os primeiros povos a adotar a circuncisão (pág.115)"

É... O velho Heródoto dirigia direitinho!

TALES, DE MILETO E DA MIRONGA

O "vício da África", como diz o mestre Alberto da Costa e Silva, é pior que droga pesada. E eu, confesso, sou um africodependente.

Numa de minhas últimas incursões veladas para saciar esse meu vício solitário, cheguei a Tales de Mileto (c. 640 - 546 AC), exaltado como o primeiro e o mais ilustre dos "Sete Sábios da Grécia".

O grande Tales foi matemático, astrônomo e filósofo. Revolucionou o conhecimento grego de sua época, principalmente no campo da geometria. Só que, pelo que sei agora, o grande sábio não teve, em toda a sua vida, nenhuma outra instrução formal senão a que recebeu.

De volta à Grécia, ele difundiu conhecimentos egípcios antigos como aquele que vê na água o princípio e a essência do Universo, e a divisão do ano em 365 dias – conhecimentos dominados, lá, desde muito antes, desde os sábios Imhotep (c. 2700 AC) e Amenhotep, filho de Hapu (c.1400 AC).

Consultando aqui no Lote uma enciclopédia "chapa branca", vejo que ela enche a bola do Tales, mas critica o fato de ele e seus discípulos "confundirem a existência do Ser Supremo com a existência de vários deuses". E dou uma tremenda gargalhada quando leio, num livro americano recente, que o grande Tales, após descobrir como inscrever um triângulo retângulo num círculo (alô pessoal da Mauá, lembra? b2 - 4ac?), em regozijo e agradecimento, sacrificou um boi às divindades egípcias que iluminaram sua mente. Mojubá!

PS: Quem se interessar pelo assunto, procure por autores contemporâneos como Molefi Kete Asante, Maulana Karenga, Ama Mazama, Don Luke, Asa G. Hilliard III etc. E, principalmente, pelo falecido Cheik Anta Diop, o pai da História afrocentrista.

DE IORUBÁS E PENTECOSTAIS

O nome "iorubás" aplica-se a um conjunto de povos oeste-africanos, localizados principalmente entre os rios Oiá (Níger) e Ogum, falantes de uma língua comum, o iorubá, irradiada a partir da antiga cidade de Oió, e suas variantes dialetais. Do ponto de vista de sua influência na cultura brasileira, os principais dentre esses povos, além dos originários de Oió, são os efãs, de Ifón; os eubás (egbá), de Abeocutá e arredores; os ijebus (de Ijebu-ode); os ijexás, de Ilexá; os quetos, de Queto etc.

Até o século 18, os iorubás não constituíam uma comunidade de povos, como um reino ou um Estado. Circunstâncias históricas, entretanto, notadamente no sentido de defesa, fizeram com que esses povos fossem se aproximando. E isso ocorreu a partir da identificação de um ancestral comum, Odudua, fundador da importante cidade de Ilê Ifé, entre os século 9 e 10 da Era Cristã, após sucessivas migrações que tiveram como ponto de partida, provavelmente, a região dos Grandes Lagos africanos, na fronteira contemporânea do antigo Zaire (hoje Rep. Democrática do Congo) com os atuais Uganda, Ruanda, Burundi e Tanzânia.

Depois de fundar Ilê Ifé, Odudua fez, de vários de seus descendentes, desbravadores e fundadores de cidades e reinos. Oraniã, seu filho, fundou Oió, ao norte de Ifé; Xangô, filho de Oraniã, foi o terceiro rei (alàfin, senhor do palácio) de Oió; Ogum fundou Irê, onde reinou etc. Tudo isso num ambiente em que até hoje correm, menos ou mais caudalosas, as águas dos rios Oiá, Oxum, Ogum; da cachoeira Erin Ijexá. E onde são realizados alegres festivais anuais como os de Egungum, Orô, Iemanjá e Obatalá.

Observe o leitor que não estamos falando apenas de passado. E não só de mitologia, mas também de História, como se folheássemos as páginas do Antigo Testamento, onde se relatam tanto eventos edificantes e miraculosos quanto atos condenáveis, como assassinatos, roubos, adultérios, estupros... coisas da natureza humana, independente de "raça", credo ou cor. E escrevemos este texto baseando-nos na leitura de autores insuspeitos como Alan Merriam, Basil Davidson, Geoffrey Parrinder, Alberto da Costa e Silva, relembrados em um alentado artigo do doutor em História pela UnB, Anderson Ribeiro Oliva (*Estudos Afro-Asiáticos*, Rio, CEAA, nº 1-3, dez.2005, págs. 141-179).

Esse artigo, vejam, é assim finalizado pelo autor:

"A África nos reserva um poderoso campo de pesquisa e entendimento da História da Humanidade. Dessa forma, devemos estabelecer um outro eixo para nossos estudos, que passe necessariamente pelo continente africano (...). E que as histórias de Odudua, Obatalá, Exu e Olorum nos soem tão familiares como as de Netuno, Vênus, Mercúrio e Zeus, ou, para ser menos radical (ou não), como as de Cabral ou do Infante Dom Henrique".

Imaginem, então, leitores, o triunfo do fundamentalismo pentecostal no Brasil, como histéricas trombetas já apregoam aqui pelas vizinhanças do Lote! Todo esse importante conhecimento pode ir parar numa grande fogueira, leitores!

A não ser que Orumilá, com Sua sabedoria (e nosso voto), impeça o triunfo da ignorância e do obscurantismo.

TEMPO DE DONDON

OS NETOS DO JONJOCA

Quando do lançamento de meu livro *Sambeabá, o samba que não se aprende na escola*, um crítico bobinho e doente do pé gastou não sei quantas páginas de uma revista bacana para botar na minha conta um racismo que eu nunca pratiquei.

Na dupla condição de praticante e teórico, eu sempre soube, senti e vi que a história do samba se confunde, até hoje, com a do racismo antinegro no Brasil. Mas também sempre observei, ao contrário do que se falou sobre o meu texto, que desde o início houve músicos não necessariamente negros fazendo um samba dentro das "regras da arte" – Noel Rosa que o diga! – e até mesmo renovando e legitimando o velho gênero mãe.

Consultando o encarte de um precioso álbum do selo Revivendo, o *Duplas de Bambas*, que reúne, em dois CDs, registros da década de 1930, vamos travar contato com João de Freitas Ferreira, o Jonjoca, nascido no então aristocrático bairro de Botafogo, na zona sul do Rio, em 1911. Pandeirista, violonista, compositor e cantor, já no curso ginasial (na época, um privilégio), Jonjoca se destacava como intérprete de sambas, ao estilo elegante de Mário Reis.

No álbum em questão, em dupla com Castro Barbosa, humorista (aquele "portuga" da engraçadíssima "PRK-30") e cantor que era tido, juntamente com o jovem e elegante João Petra de Barros, como um dos êmulos vocais de Francisco Alves, "o rei da voz", Jonjoca interpreta, além de sambas de sua criação exclusiva, outros de autores como Ismael Silva, Buci Moreira, Noel Rosa, Ari Barroso e Benedito Lacerda.

Em 1950, Jonjoca elegeu-se vereador, chegando a vice-presidente da Câmara Municipal do então Distrito Federal. Por fim, aposentou-se como superintendente administrativo do Instituto de Neurologia da UFRJ.

Na coletânea, podemos ouvir a voz do famoso Mário Reis (1907-1981) em dupla com Francisco Alves, cantando, entre outros, Brancura, Gradim, Ismael e Cartola, arquetípicas figuras de negros sambistas. Mário Reis, como se sabe, era bacharel, alto funcionário público, dândi e hóspede permanente do hotel Copacabana Palace. E aí chegamos ao cerne da questão.

O samba carioca, embora nascido de um amálgama de ritmos predominantemente africanos – como, aliás, toda a música popular afro-americana, do sul dos Estados Unidos ao Prata – sempre teve admiradores e cultores entre as camadas mais abastadas e epidermicamente menos pigmentadas da sociedade. Admiração e culto esses que, no contexto da bossa nova, fora do esquema "banquinho e violão" e graças à tríade piano-baixo-bateria, propiciou a saudável fusão entre ele e o jazz, que já se ensaiava nos antropofágicos "bibaburiba" do trombonista Raul de Barros, cantados em coro pelos animados músicos das gafieiras.

A bendita fusão levada a efeito pelos Tamba, Zimbo, Jongo e outros trios, de nomes africanizados ou não, coube a eles mais por questão de espaço. Afinal, seu palco era o das exíguas *boîtes* ("caixotes, caixinhas", em francês), ambientes também frequentados por muita gente boa e amante do bom samba.

Foi aí, e nos bailes dos clubes da classe média, que se gerou o "sambalanço", hoje experimentando um renascimento animador. E foi assim que surgiram, firmaram-se ou reapareceram grandes compositores de samba não negros e nem "do morro" e com curso ginasial, como Denis Brean, Hianto de Almeida, João Roberto Kelly, Macedo Netto, Luiz Reis, Luiz Antônio (coronel do Exército brasileiro), presentes no repertório inicial da Elza Soares que hoje a *intelligentzia* quer pop-roquizar. E vieram também Ed Lincoln, Sílvio César, Orlann Divo etc.

Pois é... O tempo das fusões naturais e saudáveis já passou! Agora, vendo o mercantilismo das escolas de samba e a omissão oficial abortarem ou inanirem os talentos das comunidades negras, vendo a truculência da globalização *one way* ditar a norma de extermínio segundo a qual "preto bom, só preto pop", vendo os netos de Jonjoca, Mário Reis, Castro Barbosa e João Petra de Barros empunharem a bandeira (às vezes reducionista e imobilizadora) do "samba de raiz", a gente olha pra trás. E aí vê que a influência do jazz, primo do samba, não era má influência e, sim, uma saudável troca de águas e forças vitais entre dois caudalosos rios intercomunicantes. Preto no branco! – digo eu. "Ebony and ivory", diria o crítico bobinho e colonizado.

OS QUE FIZERAM MINHA CABEÇA

Mais ou menos por volta de 1955, um colega da Escola Técnica Visconde de Mauá, Almir Nascimento Conceição, irmão do Adilson, este mais conhecido como "Porcolino" (porque era gordinho e bonachão, ao contrário dele, baixinho, sério, introspectivo, cabelo muito bem tratado quimicamente, e com seus lábios grossos e rosados contrastando com a pele muito escura) me levou em casa de sua família, em Marechal Hermes, "do outro lado", o da Unidos do Indaiá. O pai deles era da Marinha e tinha uns discos "de preto", principalmente jazz e música afro-cubana, que trazia de suas viagens. E foi na casa de Almir e Adilson que eu ouvi, pela primeira vez, Célia Cruz, Bobby Capó e Beny Moré, por exemplo.

Mais tarde, Almir saiu da escola e foi trabalhar como contínuo de um escritor famoso – Fernando Sabino, se não me engano. E, não me lembro como, talvez através do Adilson, começou a me mandar livros que o patrão recebia e nem abria – daqueles que a gente tinha que separar as páginas com espátula. E eu me lembro de alguns, principalmente de "Cubo de Trevas", do poeta Moacyr Félix, estreando, e "João Urso", livro premiado, de um autor... sim, lembrei! Breno Aciolly.

Eram livros cheirando a tinta de impressão – uma tinta de livro novo que até hoje me excita o olfato e o sentimento. E o som da casa simples, boa e acolhedora em Marechal guia meus passos até hoje, quase meio século depois.

God bless you, Almir! *Moforibale*, Adilson Porcolino! Salve Escola Técnica Visconde de Mauá!

GIUSEPPE GHIARONI
(Da série "Os que fizeram minha cabeça")

Ando às voltas com um romance. "Carioca, mas nem tanto", como digo no subtítulo provisório. E, nele, após uma cena dramática em que uma personagem perde um filho assassinado, ocorre-me a frase que inicia o parágrafo seguinte: "Perder um filho é como achar a morte...". A frase – cuja forma correta, sei agora, é "o filho" e não "um filho" – é de Giuseppe Ghiaroni, um dos poetas que fizeram minha cabeça, num famoso poema intitulado "Dia das Mães".

Radialista antes de tudo, Ghiaroni, nascido em Paraíba do Sul em fevereiro de 1919, foi um autodidata. De aprendiz de ferreiro, ajudante de cozinha, aprendiz de barbeiro, praticante de trocador de ônibus, caixeiro de armazém e office-boy, fez-se, depois de ler tudo quanto lhe chegava aos olhos, redator de anúncios, de programas radiofônicos, tradutor, novelista e, sobretudo, poeta. Poeta discriminado pela *intelligentzia*, talvez porque fosse "do rádio", como as cantoras de má fama.

Por volta de 1955, na Escola Visconde de Mauá, chegava-me às mãos um livro de poemas de Ghiaroni (não sei se era "O Dia da Existência", de 1941, ou "A Graça de Deus", de 1945, pois o volume não tinha nem capa nem página de rosto). A partir desse livro, comecei a querer poetar, escrever como ele, principalmente pra "fazer uma presença" junto às meninas, que já pintavam timidamente no pedaço.

Uns três anos depois, o radialista Manoel Barcellos, grande nome da Rádio Nacional, candidatava-se a deputado ou vereador, não sei bem. De seu *staff*, fazia parte o Joel, neguinho esperto, motorista, filho do Seu Dias, irmão do Pepeco e do Hugo, e sócio-fundador do Grêmio Pau-Ferro, fundado naquele momento, no nosso Irajá de nascença.

Através do Joel, Pau-Ferro e Manoel Barcellos celebraram um pacto eleitoral. Que levou ao Irajá artistas como Gerdal do Santos (depois meu colega no foro), Rogéria, Escovinha e muitos outros. E um dia foi lá também o Ghiaroni, talvez o "intelectual" do *staff*, talvez o redator dos discursos.

Como o Pau-Ferro ainda não tinha sede, só um terreno ainda provisório, o patriarca seu Luiz Braz Lopes recebeu as autoridades na casinha em frente, que era exatamente a nossa. E lá, meus olhos, de tiete enrustido, deliciaram-se ao ver o poeta provar a cachacinha que o Velho, na falta de coisa mais fina, serviu.

Ghiaroni, como bom poeta, bebeu e estalou a língua. Sem saber que, ao seu lado, estava um rapazola que lhe procurava seguir os passos. Um escrevinhador que bem mais tarde tornou-se colega de trabalho de sua filha Regina, continuadora e preservadora de sua obra.

Que Regina Ghiaroni leia este texto! Para saber que seu Velho, que evoco no meu romance, um dia tomou uma cachacinha com o meu. E que o grande Giuseppe (de quem nunca mais vi um livro) foi um dos que fizeram minha cabeça.

MADUREIRA NÃO CHORA MAIS

No início dos anos 1950, o Madureira Atlético Clube, o "tricolor suburbano", teve um trio final constituído pelo goleiro Irezê, que durante a semana dirigia um lotação Madureira-Irajá; pelo beque direito Bitum, que trabalhava com meu irmão Mavile numa gráfica; e pelo beque esquerdo Weber, que era da Polícia Especial.

Quando o Vasco jogava em Conselheiro Galvão, lá ia eu, com meu saudoso primo Vando, bonezinho na cabeça pra proteger contra o sol, levando de merenda um sanduíche de carne assada e 2 laranjas (o jogo era cedo e domingo o almoço saia mais tarde). E muitas vezes vi esse trio final suando, coitado, diante do Ademir, do Ipojucan, do Dejair, do Chico...

Acontece que nunca mais eu soube do negão Bitum nem do mulato Irezê. Mas dia desses, li no jornal que o beque Weber, hoje S. Ex.ª Desembargador Weber Martins Batista, recebeu uma homenagem do bairro de Zaquia Jorge e ingressou na Academia Madureirense de Letras.

Logo após essa auspiciosa notícia, fico sabendo também que o Madureira – antigo celeiro do Vasco, para o qual produziu, entre outros, Jair, Lelé e Isaías – foi quase campeão carioca, só faltando jantar o Botafogo.

Pois é isso: Madureira, que nasceu sertão da Freguesia de Irajá e acabou se tornando a legítima capital do Subúrbio carioca, não chora mais de dor, como nos tempos da vedete. Agora, gargalha. De Dona Clara até o Largo do Otaviano; da Domingos Lopes até Osvaldo Cruz; da Igreja do Sanatório até a Portelinha. Tô certo, Gilberto?

A CONJUNTIVITE NO TEMPO DE DONDON

As palavras, como os seres, cumprem um ciclo: nascem, vivem e morrem. Muitas delas às vezes hibernam, dormem um longo sono, para depois voltar, malandrinhas, parecendo novas. É o caso, por exemplo, de arcaísmos que viram gírias e se propagam através principalmente da música e da tevê.

Lembro, agora, que no meu tempo de moleque eu nunca ouvira falar em "conjuntivite". Será que não havia essa doencinha chata que está avermelhando e comichando os olhos de meio Grande Rio neste momento?

Havia sim, mas com outro nome. Como "volvo", como o povo lá em casa chamava o vólvulo, que é a torção do intestino; o "vento-virado", constipação ou prisão de ventre; a "espinhela-caída", inflamação do apêndice xifoide, ou dor produzida por fadiga ou doença debilitante, na região do esterno, no meio do peito; o "quebranto", efeito malévolo supostamente produzido pela atitude ou o olhar de uma pessoa sobre outra etc.

A conjuntivite, no tempo que Dondon jogava no Andaraí, atendia pelo nome de "sapiranga" – nome indígena, derivada do tupi *esapi'ranga*, olho vermelho – embora os livros atenham esse termo mais à blefarite ou tarsite, inflamação das pálpebras, também conhecido como "bonitinha" ou "palpebrinha".

Mas, a perdurar a epidemia, o que nenhum de nós quer que aconteça, vai acabar se chamando mesmo é "conjunctivitis" ou "reddish and itching eyes" – que é do jeito que, segundo as más línguas, já chamam lá naquele país distante, a oeste, entre Jacarepaguá e a Rocinha.

NEGRO MESMO

CONSCIÊNCIA NEGRA

Consciência Negra é saber que, no Brasil de hoje, não existe ainda igualdade total entre os descendentes dos africanos que para cá vieram como escravos e os daqueles que vieram da Europa e da Ásia, como colonizadores e depois como imigrantes. Estes já tiveram representantes em todos os escalões dos três poderes da República, inclusive na Presidência. E o povo negro, não!

Consciência Negra é compreender que isso acontece não por incapacidade intelectual ou de trabalho do povo negro e sim pelo que aconteceu após o fim da escravidão. Os ex-escravos foram "jogados fora", sem terra para plantar, sem emprego, sem teto – a não ser aqueles que permaneceram com seus antigos donos. E aqueles que já não eram mais ou não tinham sido escravos e ganhavam sua vida por conta própria foram perdendo seus lugares, até nas ocupações mais humildes, para os imigrantes que aqui chegavam.

Consciência Negra é entender que desde antes da escravidão criou-se uma literatura através da qual se infundiu na cabeça do brasileiro uma impressão irreal sobre o povo negro como um todo. De que nós somos feios, sujos e pouco inteligentes; que só queremos saber de festa e divertimento; que nossas religiões são infantis; que só somos bons para pegar no pesado, praticar esportes, fazer música e praticar sexo. E muitos negros acreditaram nisso.

Consciência Negra é aprender como negar isso tudo: estudando a História da África, desde o Egito, passando pelos grandes impérios oeste-africanos da Idade Média; tomando conhecimento de que as concepções religiosas africanas têm um profundo fundamento filosófico, como foi inclusive comprovado por padres europeus que as estudaram.

Consciência Negra é saber que o povo negro não resistiu passivamente à escravidão e usou de todos os meios ao seu alcance para se libertar. É saber também que houve negros que lucraram com o tráfico de escravos, a partir do século 17, mas que essa modalidade de escravidão foram os europeus que levaram para a África.

Consciência Negra é, hoje, perceber que os que lutam contra a adoção de políticas de ação afirmativa contra o racismo e a exclusão do povo negro (como a chamada "política de cotas") são pessoas que não querem perder os privilégios de que desfrutam, com o possível ingresso em seus "reinados" (caso de alguns professores universitários que fizeram carreira estudando o "problema do negro") de concorrentes até mais bem preparados, pela própria vivência do problema.

Consciência Negra é, enfim, entender que o conceito de "negro" é hoje um conceito político, que engloba pretos, pardos, mulatos (menos ou mais claros) desde que se aceitem como tal e estejam dispostos a dar um basta no que hoje se vê nas telenovelas, nas profissões mais lucrativas, nas gerências empresariais, nos altos escalões de decisão, nos espaços de prestígio e de formação de opinião, nos locais onde se concentra a renda nacional. E o que se vê nesses lugares e situações é um Brasil que não corresponde à realidade de sua população, na qual mais de 60% são descendentes, próximos ou não, dos africanos aqui escravizados.

1964: NOSSOS HERÓIS NA RESISTÊNCIA

Quarenta anos depois, os olhares que se têm fixado na resistência à ditadura militar instalada no Brasil em 1º de abril de 1964 nos dão a impressão de uma novela da Globo, com aqueles personagens todos lourinhos e filhos de "boas famílias". E isto quando se sabe que os muitos negros e mestiços pobres envolvidos nessa resistência, até mesmo na luta armada, foram duplamente castigados: por serem "subversivos" e por serem "crioulos folgados", que recusaram o histórico papel de passividade e subserviência que as elites nacionais lhes reservaram. E está aí o historiador Joel Rufino dos Santos, amigo e irmão que viveu na carne esse castigo, para confirmar o que escrevo.

Além de Joel, foi o caso, por exemplo, do recém falecido ator Haroldo de Oliveira, vitimado por um tiro quase fatal, aos 22 anos de idade, na invasão do prédio da UNE naquele fatídico "dia da mentira". E também, só para citar dois exemplos fortes, o de Osvaldão e Gaúcho.

Osvaldo Orlando da Costa, o Osvaldão, nasceu em Passa Quatro, MG, por volta de 1942. Formado em engenharia de máquinas na Tchecoslováquia, para onde fora como bolsista nos anos 1960, ao retornar ao Brasil, ingressou na luta armada contra a ditadura militar. Com um suposto curso de guerrilha na China, aliado a uma compleição física invejável – era um negro de quase 2 metros de altura – e a um preparo de atleta, foi envolvido numa aura de lenda, segundo a qual teria o dom da imortalidade. Após sua execução, em São Domingos, Mato Grosso, em 1974, num episódio da chamada Guerrilha do Araguaia, sua cabeça – numa prática que remontava ao Brasil colonial – foi decepada para ser exibida à população e enterrar de vez o mito.

Já Gaúcho era o apelido de Edmur Péricles Camargo, nascido em 1914, em São Paulo. Jornalista e também de compleição bastante forte, militou em vários movimentos de esquerda desde a década de 1950. Banido do país em 1971, exilou-se no Chile juntamente com outros companheiros. Após a derrubada de Salvador Allende, foi para a Argentina, desaparecendo quando tentava entrar clandestinamente no Brasil com outros banidos. Segundo relatórios oficiais, teria sido preso por autoridades brasileiras e argentinas em junho de 1975, no aeroporto de Buenos Aires, em trânsito do Chile para o Uruguai, usando o nome falso de Henrique Vilaça. A partir daí, nunca mais foi localizado.

O mito do negro dócil que ajuda a sustentar o cordial racismo brasileiro também é um "1º de abril". E a prova está nesses heróis, cujas memórias humildemente reverencio.

ABOLICIONISMO, INGLATERRA E CARIDADE

Há muito tempo nós afrodescendentes sabíamos que no dia em que saíssemos do nosso "lugar de negro" para assumirmos o protagonismo de nossa História, sem necessidade de intérpretes ou porta-vozes, o racismo brasileiro tentaria desautorizar e desqualificar nosso esforço e nosso saber. O dia finalmente chegou! E hoje, com a pontualidade de um relógio, volta e meia vozes autoritárias vêm lançar a responsabilidade de nossa tragédia histórica sobre os ombros de nossos ancestrais. Como se, num extremo absurdo, culpassem os judeus pelos horrores do Holocausto.

Agora, por exemplo, ainda ecoando em nossas mentes as vibrantes comemorações pelo Dia Internacional pela Eliminação da Discriminação Racial, somos surpreendidos com a publicação na página de Opinião de O Globo (22.03.07) de um artigo sobre escravidão e abolicionismo, assinado pelo sr. Demétrio Magnoli. Artigo no qual ele junta o nosso modesto nome ao dos veneráveis W.E.B. Dubois, Marcus Garvey e ao do ilustre professor Kabengele Munanga, rotulando-nos como propagadores da ideia de "vitimização dos africanos", estes, segundo ele, os únicos responsáveis pelo tráfico atlântico de escravos, pelo genocídio que se abateu sobre o continente e pelo consequente subdesenvolvimento que solapou a África.

A honra foi toda nossa por tão venerável e ilustre companhia, apesar da desagradável circunstância! Porque, a pretexto do bicentenário do ato que, a 25 de março de 1807, aboliu o tráfico de escravos no império britânico, o autor do texto, deixando de lado todas as implicações econômicas e políticas do referido ato, resolveu canonizar o "cristão evangélico William Wilberforce" e o escritor político Thomas Clarkson, tidos como os grandes responsáveis por esse ato de caridade. E isto quando todos sabem que o Ato da Abolição foi assinado, entre outras razões, pelo fato de que os plantadores indianos e chineses protestavam contra o monopólio do açúcar concedido aos seus concorrentes antilhanos e forçavam a abolição da escravatura nas zonas de influência inglesa. E porque as sucessivas rebeliões de escravos levavam a instabilidade principalmente à região do Caribe. Sabendo disso, então, habilmente, o articulista trouxe também para o foco de seus elogios a figura afro-descendente de Toussaint L'Ouverture, líder da independência do Haiti.

No que toca à responsabilidade no tráfico, escreveu o articulista que "os europeus, como regra, não caçavam africanos, mas os adquiriam na segurança de suas fortalezas costeiras". E esse argumento é destruído segundo várias fontes. Primeiro, em *História do colonialismo português em África*, de Pedro Ramos de Almeida, vamos ver, nos primórdios dessa prática nefanda: homens do navegador Gil Eanes "cativando" mouros e "alarves", nômades muçulmanos, no Rio do Ouro em 1436; a chegada, cinco anos depois, a Portugal dos primeiros cativos sequestrados no Saara; Nuno Tristão em 1442 "filhando" cerca de trinta cativos no golfo de Arguim; Diogo Cão, em 1483, apoderando-se, no Congo, de quatro africanos sob promessa de restituí-los em quinze meses.

Em *Os magnatas do tráfico negreiro*, de José Gonçalves Salvador, lê-se que, nos séculos XVI e XVII, caçadores de escravos por excelência eram os "tangos-maus", os "lançados" e os "jagas", sendo que as duas primeiras denominações aplicavam-se a portugueses adaptados aos sertões e aos usos e costumes africanos. Segundo Robert Conrad em *Tumbeiros: o tráfico de escravos para o Brasil*, os "tangos-maus" ou "tangosmãos" (o Dicionário Houaiss registra "tangomão" e "tangomau") "adquiriam escravos em ataques e expedições a lugares remotos recolhendo tantas "peças" quanto possível através da fraude, violência e emboscada".

Quanto à corrupção de africanos por europeus na gênese do tráfico de escravos, voltemos a José Gonçalves Salvador: "... os representantes da Coroa e os contratadores do monopólio ao chegarem às respectivas áreas de atuação, providenciavam logo o envio de presentes aos conspícuos senhores [os governantes africanos], ofertando-lhes tecidos finos, objetos de adorno, algumas cartolas de vinho e até espadas, que eles muito apreciavam". E mais: "O conquistador luso no princípio se limitava a solicitar-lhes auxílios em comestíveis, mas, depois, o de recursos humanos para as guerras e por fim o pagamento de tributos". Mais ainda: "Esses chefes indígenas acabaram aderindo também aos resgates, de modo que vieram a converter-se nos principais traficantes dos ínvios sertões". Essa mesma linha de raciocínio é sustentada no livro *Mãe África*, por Basil Davidson, segundo o qual os africanos aprenderam com os europeus a transformar gradualmente o tráfico de escravos numa impiedosa caça ao homem.

Sobre a compreensível associação, no texto ora comentado, do nome de Toussaint L'Ouverture ao dos abolicionistas ingleses, é bom lembrar que em 1807 o líder haitiano (cuja trajetória foi bastante diferente da vivenciada por outros heróis da Revolução) já havia morrido em circunstâncias suspeitas numa prisão francesa. E que a consolidação da Revolução Haitiana veio com Dessalines e Pétion (este, sendo inclusive um dos grandes financiadores da obra de Simon Bolívar), certamente inspirados pelos espíritos africanos – nossos voduns, guedês e orixás – que, segundo O. Mennesson Rigaud, em *Le rôle du vaudou dans l'indépendance d'Haiti* (*Présence africaine*, fev--maio, 1958, págs. 43-67) manifestaram-se em Bois Caïman, na noite de 14 de agosto de 1791, no grande ritual religioso e guerreiro, conduzido por Dutty Boukman, que deflagrou a luta armada, vitoriosa em 1º de janeiro de 1804.

Que nos desculpem Wilberforce, Clarkson e o sr. Demétrio Magnoli... mas a data a ser comemorada é outra!

SÈ LÈ KOULÈV MOURI, OU KONN LONGÈ LI

Segundo Anthony Daniels, do *Daily Telegraph* (*O Globo*, 01/03/2004), a tragédia do Haiti dever-se-ia ao seguinte: após a independência, em 1804, "os haitianos ficaram divididos em três classes incompatíveis: escravos recentemente chegados da África, negros proprietários de terras, e os mulatos que controlavam as cidades e o comércio". Até aí, tudo mais ou menos certo já que, por várias vezes, os interesses da burguesia urbana e os do latifúndio estiveram lado a lado. O que não é nada certo é, agora, querer botar tudo na conta dos 95% de afrodescendentes que compõem a população da terra de Toussaint e Dessalines – o primeiro país, depois dos Estados Unidos, a afrontar e vencer a hegemonia europeia no mundo contemporâneo, numa "ousadia" que a chamada "civilização ocidental" jamais perdoou.

Não! O Haiti não é um país de negros boçais, incapaz de se autogovernar. Após a declaração de sua independência, a intelectualidade haitiana passou a produzir uma grande literatura e muitos livros didáticos. O número dessas publicações – 5 mil títulos de 1804 a 1954 – garantiu ao país, na época, a maior produção per capita de livros em todas as Américas, inferior apenas aos Estados Unidos. Mas isso é coisa que a gente pode saber com detalhes na nossa *Enciclopédia Brasileira da Diáspora Africana*, pela paulistana Summus Editorial e ainda no nosso *Kitabu, o livro do saber e do espírito negro-africano*, da SENAC-Rio Editora.

O que importa, agora, é não debitar apenas na conta dos negros essa interminável tragédia. Pois isso seria o mesmo que dizer que a violência dos morros cariocas é toda culpa da maioria de afrodescendentes que começou a se fixar nesses locais no início do século 20. Afinal, quem foi que levou negros cativos para trabalhar no Haiti? Quem antes se apossara das terras indígenas que os emancipados de 1804 tomaram "na mão grande"? E quem, afinal, gerou os "mulâtres" haitianos?

Como diz um provérbio local, "sè lè koulèv mouri, ou konn longè li", ou seja, "só quando a cobra morre é que a gente vê como ela é comprida".

TRADUZINDO O IORUBÁ

Em 1976 era publicada, pela Editora Vozes, a primeira edição do livro *Os Nago e a Morte – pàdé, asèsè e o culto ègun no Brasil*, de Juana Elbein dos Santos. Fruto de longos anos de trabalho de campo, na África e no Brasil, o livro continha a tese de doutoramento em Etnologia apresentada pela autora à Sorbonne quatro anos antes. E, nele, a doutora Juana Elbein propunha-se a "examinar e desenvolver algumas interpretações sobre a questão da morte, suas instituições e seus mecanismos rituais, tais quais são expressos e elaborados simbolicamente pelos descendentes de populações da África Ocidental no Brasil".

Focado nas comunidades autoqualificadas como nagôs, que modernamente se conhecem como iorubás, o livro logo se tornou um clássico acadêmico, e talvez a mais importante referência brasileira no tema "candomblé". Livro tão revelador quanto complexo, sua maior dificuldade, entretanto, estava na grafia das palavras em língua iorubá que o leitor encontrava a cada linha. Isto porque a autora, com extremo rigor científico, optou por grafá-las "segundo a convenção internacionalmente adotada pelos institutos especializados da Nigéria".

A língua dos negros do Brasil, que muitas vezes parece gritar por autonomia, expressa um saber centenário e profundo. E essa é, também, uma das importantes revelações contidas no seminal, referencial e indispensável livro de Juana Elbein, em cuja elaboração foi decisivo o axé do venerável Deoscóredes M. dos Santos, o Mestre Didi.

Renovando inteiramente a cena dos estudos sobre as religiões africanas no Brasil, o livro passou a integrar, obrigatoriamente, todas as bibliografias das obras congêneres que o sucederam, com o merecido reconhecimento da Academia. Mas para os brasileiros não detentores das chaves que abrem os códigos científicos – e notadamente o "povo do santo", gerador de todo o conhecimento estudado no livro – essa obra tão importante, por sua linguagem quase que "cifrada", tornou-se um tesouro inacessível.

Foi assim que, em 1997, cerca de vinte anos depois do lançamento de *Os Nago e a Morte*, participando de reunião do Grupo de Trabalho Interministerial (GTI) criado, entre outras coisas, para articular as pesquisas sobre a questão negra no Brasil, fazíamos uma recomendação, aceita e incluída no relatório final dos trabalhos, conclamando os pesquisadores que lidam com vocábulos oriundos das línguas africanas circulantes no Brasil a evitarem o preciosismo ou esnobismo de grafar esses vocábulos segundo a convenção internacional adotada por Juana Elbein. Que se utilizem – pedíamos – nesses casos, as regras para grafias de palavras de origem africana ou indígena já estabelecidas por filólogos como Antenor Nascentes. Seguindo as normas do Acordo Ortográfico de 1943, Nascentes recomendava, para essas grafias: escrever-se com "x" o som chiante; com "ç" o som sibilante; com "qu" o som kê; com "j" o fonema gê etc.

Pelas dificuldades gráficas que a língua iorubá acrescenta aos padrões editoriais brasileiros, aportuguesar os vocábulos oriundos desse idioma, conservando, apenas em alguns casos já consagrados pelo uso, o emprego de k, w e y, por exemplo, nos parece salutar. Encaramos a adoção dessa prática – e esta era a justificativa que fazíamos na referida recomendação ao GTI – como um ato político, pois, quanto mais abrasileirarmos os vocábulos de etimologia africana que circulam no Brasil, mais estaremos tirando deles o rótulo de "exóticos", para incorporá-los oficial e definitivamente ao léxico brasileiro e afirmarmos, assim, cada vez mais, a africanidade da língua falada no Brasil.

CHEGA DE ESCRAVIDÃO! OU NÃO?

Diante das intermináveis investigações sobre mensalões e correiões; das longas férias do ministro da Cultura; do avanço dos descendentes de Cortez, Pizarro e Cabeza de Vaca sobre nossos serviços essenciais privatizados e sobre a indústria cultural, o Velhote do Lote encontra-se mergulhado até o pescoço (fuga ou atavismo?) na brilhante História da Antiguidade africana. E é aí que ele, pra arejar, abre os suplementos literários de sábado e vê notícia de mais livros publicados sobre a escravidão africana no Brasil.

Bolas! Para quê e a quem servem esses livros? À recuperação da autoestima dos descendentes de escravos, como nós, é que não é... Essa sonhada recuperação estaria, aí sim, é na exata compreensão dos fatores que levaram a Mãe África à situação atual – depois de ser o berço da Humanidade e das primeiras civilizações humanas; depois de ter inventado da agricultura e da metalurgia até a medicina e as primeiras elaborações filosóficas; depois de ter sido o útero onde foram geradas as grandes crenças e religiões, inclusive o Cristianismo.

Mergulhado no estudo desses tempos remotíssimos, o Velhote vem descobrindo como a História moderna poderia ser mais bem contada sem as manipulações que sofreu ao longo dos anos. Hutus versus Tutsis, Etiópia, luso-tropicalismo, franceses no norte africano etc. etc. etc., isso tudo precisa ser mais bem explicado para que a gente entenda melhor da violência das favelas cariocas até os mensalões – reflexo também da estratificação social que aqui se construiu a partir da "epopeia" lusíada.

No entender do Velhote, já está na hora de os "da cor", como nós, jogarmos menos capoeira com calça pescando siri, evocarmos menos o infortúnio do período c. 1530-1888 (dia desses, numa praça aqui perto, vimos, envergonhados, um "grupo folclórico" dramatizando cenas da escravidão, com correntes e chicotes), dar um jeito de driblar a carência de literatura em português sobre o assunto e recuarmos na História. Aí, seremos fatalmente obrigados a concordar com o que escreveu o cientista social americano Clyde Winters, vejam só:

"Muitos eurocentristas acreditam que os afro-americanos devem apenas escrever sobre a escravidão e deixar a História Antiga para estudiosos mais "qualificados". [...] O problema central é que os historiadores fizeram da escravidão a sua única preocupação e persuadiram os estudantes a fazer o mesmo. O dano que isso causou é incalculável, pois os negros passaram a enxergar sua História e a da África apenas pela ótica da escravidão."

Alô, Joel Rufino, Flávio Gomes, Álvaro Nascimento, João Carlos Rodrigues, José Sérgio Rocha! Manipulação, mensalão, colonização, esculhambação e escravidão têm tudo a ver! Ou não?

O AFOXÉ

Cumpridos os preceitos de estilo, com a libação aos ancestrais e as oferendas propiciatórias a Exu Lonan, o dono dos caminhos, o Afoxé saiu, todo de branco.

A orquestra de 256 atabaques (runs, rumpis e lês), 160 agogôs e 64 xequerés, retumbava, repicava, tilintava e chacoalhava o ijexá mais lindo que nossos ouvidos já tinham ouvido, apoiando o coro de 4.096 vozes, masculinas, femininas e infantis.

"*Afoxé loni, loni ilê ô...*" – a cantiga ecoava por toda a Baixada. A concentração fora em Caxias. E o cortejo, aberto por 32 cavalarianos da Polícia Militar em trajes de gala, percorreu, durante 4 dias e 4 noites, sem cansar nem parar, as principais ruas de São João, Belford Roxo, Nilópolis, Nova Iguaçu, Mesquita, Queimados, Japeri, Paracambi, Seropédica, voltando a Nova Iguaçu pela Estrada de Madureira e de lá voltando ao ponto de partida.

"*Ialodê, Ialodê, iá ô...*" – Mamãe Oxum, que é "assim" com Exu, garantia da beleza do cortejo. Que, a cada esquina que chegava, arrebanhava mais gente, literalmente encantada por aquele som. E "afoxé" significa, mesmo, encantamento.

Entravam padres, traficantes, pastores, operários, camponeses, drogados, soldados, prostitutas, pentecostalistas fanáticos, bichas loucas, grávidas de onze anos de idade, crentes imbecilizados, kardecistas exercendo seu livre arbítrio, vans clandestinas, pais-de-santo marmoteiros, ginasianos analfabetos funcionais, quimbandeiros malévolos nem um pouco preocupados com a Lei do Retorno, ônibus piratas, prefeitos cassados mantidos no poder à custa de honorários advocatícios pagos com recursos do FUNDEF...

Inebriados e beatificados por aquela música encantadora, componentes e aderentes não estavam nem aí. Pulavam valas negras, driblavam focos de aedes aegypti, desviavam-se de orelhões quebrados, cantando, dançando e sorrindo. Sorrindo, dançando e cantando.

"Ê, ê, ê, ê, ê, Logun elebokê..." – As frases das cantigas eram vez por outra intercaladas de breques, interjeições e emissões felizes: "Aleluia!"... "Evoé!"... "Hosana!"... "Saravá!"... "Shalom!"... "Salam!" ... "Ommmm"...

Até que, na paz, no amor e na harmonia, o afoxé voltou ao ponto de partida e se dispersou, numa nuvem dourada, de serena alegria.

Do seu canto, que é em todos os cantos e espaços, Exu, satisfeito, sorveu um gole, deu uma baforada e sorriu satisfeito, sentindo-se recompensado.

Porque Carnaval é isso: a instabilidade que precede o equilíbrio, a transgressão a partir da qual se estabelece a ordem, o saber e a estultice, a falta e a pena, o erro e o perdão, a culpa e a remissão, o "céu" e o "inferno", o ir e o voltar, o mal e o bem inerentes a tudo, a dinâmica, enfim, sem os quais nem o Universo nem os seres humanos existiriam.

BERTOLEZA E O TREZE DE MAIO

Quem tem olhos para ver, hoje, no Brasil, a mal batizada "Lei de Gerson" inspirando o capitalismo mais selvagem, o qual estabelece um trágico elo com toda essa brabeza que está aí, desde a violência urbana até a programação das emissoras de radiodifusão, há de entender com clareza o que foi o escravismo no Brasil. A ordem econômica era outra, mas, em nome do lucro, também valia tudo, num contexto em que os trabalhadores africanos e seus descendentes brasileiros – descontada sua força de trabalho, como hoje seu potencial de consumo – não valiam nada.

Pois acontece que o Velhote aqui do Lote, neste 13 de maio, anda em meio à elaboração de um Dicionário Literário Afro-brasileiro: autores, obras, personagens, onde já avulta – ao lado da Negrinha, de Lobato; do Moleque Ricardo, de Zé Lins; do Pedro Arcanjo, de Jorge; do Damião, de Montello e tantos outros – pelo simbolismo que representa, o verbete "Bertoleza", referente a uma personagem de Aluísio Azevedo em "O Cortiço", romance de 1890.

"Crioula trintona", escrava de ganho, de propriedade de um velho residente na cidade mineira de Juiz de Fora, e dona de uma taberna onde fazia e vendia refeições como angu e peixe-frito, Bertoleza despertou o interesse do ambicioso português João Romão, que iniciava carreira de comerciante no

Brasil. Tornando-se "o caixa, o procurador e o conselheiro da crioula", João acaba por tornar-se seu sócio e fazê-la sua amásia. Bertoleza, cujo companheiro português falecera, "não queria sujeitar-se a negros e procurava instintivamente o homem numa raça superior à sua" – como escreve Azevedo. Assim, submete-se à vontade de Romão – que inclusive lhe compra uma alforria falsa – e, com seu trabalho duro, contribui decisivamente para a prosperidade do lusitano, que se torna dono do cortiço que dá título à obra.

À noite, na cama, enquanto ao seu lado "a crioula roncava, de papo para o ar, gorda, estrompada de serviço, tresandando a uma mistura de suor com cebola crua e gordura podre", João Romão sonhava alto, enquanto passavam os anos. E, assim, almejando também ascensão social, além do dinheiro, resolve, depois de bem próspero, casar-se com uma moça abastada e branca. Então, para tirar Bertoleza de seu caminho, denuncia-a como escrava fugida, fazendo com que prepostos do senhor de Juiz de Fora venham, com ajuda de força policial, buscá-la no Rio para restituí-la ao cativeiro. Ante tal situação, Bertoleza, percebendo o logro em que caíra e preferindo a morte, toma de uma faca de cozinha e rasga o ventre de lado a lado, caindo "rugindo e esfocinhando moribunda numa lameira de sangue". E isso no mesmo momento em que membros de uma sociedade abolicionista chegavam trazendo para João, além de outras que já recebera, mais uma honraria: o título de sócio-benemérito da sociedade.

* * *

Neste 13 de maio, o Lote reverencia a memória de todas as "bertolezas". As daquele tempo, que hoje, na forma de milagrosas pretas-velhas, devem estar espargindo sua luz, pelas boas casas de umbanda de todo o país. E as de hoje, lembrando a elas que, apesar de tudo, já contam, mal ou bem, com entidades e mecanismos de proteção e defesa contra o machismo, o racismo e o abandono.

DE LÍNGUAS NEGRAS E OUTROS PAPOS

Não! Não vamos falar das valas de esgoto que cortam, impávidas e impenitentes, o abandonado município aqui do Lote. Nossa conversa de hoje é sobre as línguas africanas, que muita gente insiste em chamar, com desprezo, de "dialetos". E o papo é o seguinte:

Quando, anos atrás, retiraram o Latim do currículo do ensino médio, muita gente apoiou, sob o argumento de que não fazia sentido o estudo de uma língua morta, mesmo que ela fosse formadora de várias outras línguas muito vivas. Agora, no auge das discussões sobre a Lei nº 10.639, a qual, entre outras medidas, obriga a inclusão de conteúdos sobre História e línguas africanas na grade curricular, a grita é parecida, principalmente com relação a este último item.

Mas "as línguas – diz uma declaração da UNESCO – não são apenas objeto de comunicação, mas também reflexo de uma percepção de mundo: elas são veículos de sistemas de valores e expressões culturais e constituem fator determinante da identidade dos grupos e dos indivíduos".

No mesmo sentido, nossa irmã afro-cubana Mirta Fernández, no livro *Oralidad y africanía em Cuba* (Havana, 2005) escreve: "A história das palavras, das línguas e seu emprego é fundamental para a compreensão da essência social de um povo". Segundo o poeta e estadista martinicano Aimé Cesaire, citado por Mirta, "A língua é a casa do ser: o conhecimento e a compreensão de quem somos passa pela forma como falamos e pelas coisas que falamos".

Foi por isso que os colonialistas europeus, depois da partilha da África em 1885, compilaram tantos dicionários de línguas africanas – muitos deles com exemplares hoje aqui no Lote. Era preciso saber como os africanos falavam, para entender o que pensavam e, assim, poder dominá-los melhor!

A Lei nº 10.639, é evidente, não quer obrigar ninguém a falar iorubá, quimbundo, fon, quicongo, twi etc. Mesmo porque essas línguas não têm nada a ver com os MBAs que andam por aí nem vão "gerar emprego e renda", a não ser talvez para alguns especialistas. Mas a Lei quer mostrar, sim, como os muitos falantes de várias dessas línguas ajudaram a formar a identidade afro-mestiça do povo brasileiro.

Ela quer mostrar, por exemplo, que um "abadá", antes de ser uma camiseta de bloco era uma veste religiosa; que "axé" antes de ser rebolado era um conceito filosófico altamente refinado; que "quilombo" era muito mais que um valhacouto de escravos fugidos; que "ziquizira" é algo resultante da quebra de um tabu, de uma kijila (quizila); que Aruanda é uma alusão a Ruanda (a dos hútus e tútsis), lugar que, de tão bonito, era tido como morada dos deuses...

Sabendo dessas coisas, e constatando, por exemplo, como as religiões de matriz africana ainda conservam cânticos, poemas, saudações, rezas, invocações, formas de louvor, nomes iniciáticos, nomes de plantas e de comidas etc. expressos nas línguas de sua origem (cf. Mirta Fernández); sabendo isso, acho que nos fortalecemos mais um pouco, ao ver que nossos mais-velhos, ao chegarem às Américas, não eram tão boçais quanto dizem por aí.

DE FATO, PRETOS E PARDOS SÃO NEGROS
– E DE DIREITO TAMBÉM

Revendo aqui, no maravilhoso livro *Encore une mer à traverser*, do poeta haitiano René Depestre, as razões da derrocada de seu país depois de ter-se tornado, em 1804, a segunda nação independente das Américas e a primeira república nascida de uma rebelião de escravos – aliás, foi a única vitoriosa em toda a história da escravidão africana –, somos forçados a voltar a um tema complexo: o da moderna acepção do vocábulo "negro" no contexto da luta contra a exclusão.

"No Haiti" – escreve Depestre – "o antagonismo entre pretos e mulatos, que serviu de apoio a Papa Doc Duvalier (em nome de uma africanidade ilusória, de um 'gobinismo* ao contrário), tem sua raízes históricas, sua base, na sociedade colonial. Os mulatos, por força de seus laços de sangue com os colonos brancos, formavam, nas fazendas, um grupo privilegiado em relação à massa de escravos pretos. Quando de seu nascimento, eles se tornavam legalmente *affranchis* (libertos) ou 'pessoas de cor' livres, situação jurídica que lhes permitia desempenhar, na idade adulta, um papel às vezes

---

* Alusão a Gobineau, autor do *Ensaio sobre a desigualdade das raças humanas* (1855).

dinâmico na economia da colônia. Daí a querer ser cidadãos de modo integral, e a querer compartilhar o poder político com os colonos brancos, era um passo, que eles pretendiam um dia resolutamente dar. Os brancos (grandes e pequenos) opuseram-se fortemente a essa aspiração. Então as famílias mulatas aliaram-se politicamente aos pretos que, por sua vez, lutavam por abolir a escravatura e por uma revolução social que libertasse todos os oprimidos, independente da cor da pele. Pretos e mulatos, assim unidos, acabaram por formar um exército de libertação nacional que, em 1804, expulsou os colonos franceses da ilha de São Domingos e fez do Haiti o país onde pela primeira vez a Negritude se colocou de pé.

"Depois da proclamação da independência – arremata Depestre – as peripécias complexas da reforma agrária puseram em choque as duas forças sociais que tinham acabado de vencer, juntas, a guerra de libertação nacional. Os mulatos ricos arvoraram-se em únicos herdeiros dos antigos proprietários brancos, muitas vezes exibindo falsos títulos de propriedade. Mas a facção dominante, de oficiais pretos do exército nativo, não se deixou levar. E esse drama de origem agrária domina há dois séculos a vida haitiana".

Foi para eliminar antagonismos desse tipo que, no Brasil – como já escrevemos outras vezes – o movimento social dos negros cunhou o termo "afrodescendente", nele reunindo numa única adjetivação, a de "negro", pretos, mulatos e outras classificações de base étnica com que se distinguem as pessoas outrora chamadas "de cor". E assim nós, para evitar dúvida – repetimos –, definimos como "negro" todo descendente de negros africanos, em qualquer grau de mestiçagem, desde que essa origem possa ser identificada historicamente e, no caso de pessoas vivas, seja reconhecida ou autodeclarada pela pessoa objeto da classificação.

PROCURA-SE ANGELINA JOLIE, URGENTE!

Acabamos de ler, não sabemos onde, que a belíssima Angelina (très) Jolie, juntamente com o tal do Brad Pitt e outros famosos, segue agora uma antiga filosofia africana, chamada "Ubuntu", que, do jeito que vai, qualquer dia acaba na revista Caras. E ficamos felizes em saber que a Jolie é *jolie* também por dentro. Porque, em matéria de filosofia, a África sempre bateu um bolão, desde o antigo Egito, que aliás aprendeu muita coisa na Núbia, lá no altinho, ali quem vai pras nascentes do Nilo, nas bandas de Uganda.

Já disse nosso tio gabonês Théophile Obenga que a palavra "filosofia", ciência do conhecimento e do saber, tem como étimo remoto o antigo egípcio seba, conhecimento, vocábulo do qual derivou o grego *sophia*. E para os gregos da Antiguidade, segundo o nosso tio, o Egito era o único país a gozar de uma sólida reputação nas ciências e no saber filosófico. Tanto que Pitágoras, Platão e tantos outros sábios helênicos, que sabiam das coisas, fizeram muitas viagens de estudos ao Vale do Nilo. Surgiu, daí, então, com força, uma profunda corrente civilizatória que deu à Humanidade progressos consideráveis – corrente que começa no Egito, alcança o mundo grego, faz nascer a Escola de Alexandria, passa ao mundo árabe e chega ao mundo europeu antes da Renascença.

Os antigos egípcios chamavam seu país de *Kemet*, ou seja, "a terra negra", em oposição à "terra vermelha", o deserto não fertilizado pelo Nilo. Segundo nosso primo afro-americano Molefi K. Asante, antigos povos africanos, antes de os gregos darem o nome de *Aegyptos* (Egito) à sua terra, chamavam-na, carinhosamente, "Kemet", a terra preta e dos pretos. E, até hoje, segundo o primo, "toda sociedade africana deve algo a Kemet", principalmente nos mitos primordiais que orientariam seu modo de rememorar os ancestrais, educar os filhos e, principalmente, preservar os valores sociais.

Na atual República de Gana, por exemplo, o povo Axanti é talvez um dos que mais guardam, em suas concepções filosóficas, antigas heranças egípcias, como a noção de *kra*, força vital (do egípcio *ka*), correspondente ao afro-brasileiro "axé" (do iorubá *àse*), ao congo *mooyo*, e a *múntu*, termo que, também em congo, significa a força vital realizada, existente, pulsante, o ser enfim.

Ora, pois pois... *Múntu* lembra "Ubuntu", não lembra? Pois vocês sabem de onde vem e o que quer dizer "Ubuntu"? Não? Vem do cabinda (dialeto congo) *bù-untu*, significando "bondade", "amabilidade", "caridade", "fraternidade", "solidariedade" etc.

Pois é: Hollywood e até o Bill Clinton (cf. *O Globo*, 14.07.07, lembramos agora!) acabam de descobrir a pólvora! Por isso é que precisamos do endereço da Jolie (sem o tal do Brad Pitt). Pra ela vir tomar um vinho-de-palma com a gente, quando do lançamento do nosso *Dicionário da Antiguidade Africana* (Civilização Brasileira). Que está vindo por aí.

A IEMANJÁ DE MADUREIRA E A VÍRGEN DE REGLA

Vendo pela televisão a procissão que saiu do Mercadão de Madureira levando uma bela imagem de Iemanjá para as homenagens nas águas de Copacabana – registre-se que, na noite de 31, a tradição do culto foi banida em favor dos shows musicais e pirotécnicos –, ocorreu-nos a seguinte reflexão:
Iemanjá é o grande orixá iorubano das águas, reverenciada, no Brasil, como mãe de todos os orixás. Tem temperamento maternal, seu domínio são as portas, simboliza o futuro e se materializa simbolicamente num conjunto de sete pedras do mar. É celebrada, na Bahia, a 2 de fevereiro, dia consagrado a Nossa Senhora das Candeias. Nesse dia, no bairro litorâneo do Rio Vermelho, realiza-se, no mar, com grande afluência de fiéis, a cerimônia do "Presente das Águas" ou "Presente de Iemanjá", instituída na década de 1920, por iniciativa de pescadores locais e sob a orientação da mãe-de-santo Júlia Bugan. Vejamos aí que essa tradição parece que é um híbrido cultural, já que se originaria no "presente da Quianda", a "sereia" de Angola, o qual até a década de 1980 ainda ocorria na baía de Luanda, com oferenda de flores, perfumes, objetos de adorno, bebidas finas etc.
    O culto de Iemanjá tem origem entre o povo Egbá, habitante do centro-sul do país iorubá, na atual Nigéria. Filha de

Olocum, o senhor do mar, Iemanjá é a divindade tutelar do rio Ogum (em referência a òġún, espécie de nassa, usada para pescar camarões e lagostas, diverso de Ògun, divindade do ferro e da guerra), o qual passa pela cidade de Abeokutá e desemboca em frente a Lagos, antiga capital nigeriana. Segundo seu mito primordial, Iemanjá nasceu perto da cidade de Bidá, no território do povo Nupê, e se mudou para Oió, onde casou com Oraniã e deu à luz Xangô. Seu símbolo é um colar de continhas de vidro, cristalinas "como água". Sobre ela, escreve Pierre F. Verger: "Iemanjá, cujo nome deriva de *yèyé omo ejá* ("mãe cujos filhos são peixes"), é o orixá dos egbás, um povo iorubá estabelecido outrora na região entre Ifé e Ibadan, onde existe ainda o rio Yemojá. As guerras entre nações iorubás levaram os egbás a emigrar na direção oeste, para Abeokuá, no início do século 19. Evidentemente não lhes foi possível levar o rio, mas em contrapartida, transportaram consigo os objetos sagrados, suportes do axé da divindade e o rio Ógún, que atravessa a região, tornou-se, a partir de então, a nova morada de Iemanjá".

No Brasil, segundo Verger, são conhecidos os seguintes avatares ou qualidades de Iemanjá: Assabá, que é manca e está sempre fiando algodão; Assessu, muito voluntariosa e respeitável; Euá; Iamassê, mãe de Xangô; Iemouô, mulher de Oxalá; Olossá, que é o nome de uma lagoa africana; e Ogunté, casada com Ogum Alabedé.

Em Cuba, orixá da maternidade por excelência, Iemanjá (*Yemayá*) é cultuada, segundo N. Bolívar Aróstegui, nos seguintes *camiños*: Awoyó, Akuara, Okuté, Konlá, Asesú, Mayalewo, Okotó, Lokún Nipá, Alará Magwá Onoboyé, Oguegué, Awoyó Olodé, Ye Ilé Ye Lodo, Ayabá Ti Gbé Ibú Omi, Atará Magbá Anibodé Iyá, Iyamí Awoyómayé Lewó, Yalodde, Awó Samá, Yembó.

No Haiti, associam-se a esse grande orixá feminino os loás (guias) Grande Erzili, Maitresse Erzili, Agoué, Grand Erzilié, Erzilié Freda. E na República Dominicana, Metre Silí e Agué Toroyo.

Em Trinidad-Tobago, nossa Mãe Iemanjá recebe o nome de Emanjah ou Amanjah e tem como correspondentes, Ajajá e Mahadoo.

Diante disso tudo, a procissão vista pela tevê, nos fez bem. Pois lá estava, ao contrário do que até bem pouco tempo se via, uma Iemanjá mulata, de nariz largo e cabelos crespos, afrodescendente com certeza. Assim é que se faz! E agradeçamos aos movimentos negros por essa importante conquista. Que só não é boa para aqueles que, sob o malandro argumento da "mestiçagem" ficam agora dizendo, do alto de suas cátedras universitárias, que a afirmação da identidade negra é segregacionista e vai dividir o país. Como se já não houvesse a segregação e a divisão!

Em Cuba, esse sim, um país muito mais referencial para nós aqui do Lote do que os EUA, por exemplo, a Vírgen de Regla, padroeira de Havana, celebrada a 8 de setembro e associada a Iemayá, é uma nossa-senhora pretinha, bem pretinha.

Odô Iá, Mãe do rio Ogum! Omi ô, Senhora das Águas!

GOSTOSO VENENO

A CARAVANA PASSA

Aqui na periferia, a propaganda volante, através de carros de som, corre solta. Assim, foi em princípio sem nenhuma surpresa, que, no sábado pela manhã, ouvi o alarido se aproximando. Só que dessa vez o som era até legal, bem timbrado, caprichado, profissional, apesar de o samba-enredo vir acompanhado com guitarras, teclados e numa levada meio funk meio reggae. Fui olhar do portão. E, vi, pasmo, uma espécie de bloco. Na frente vinham umas pessoas bacanas, cheirosas, todas vestidas de branco (embora, algumas, consumidoras, de fim de semana, "desportivas", de certas químicas perigosas), com camisetas onde se lia a palavra "PAZ" bordada em prata, no peito. Davam-se as mãos e orientavam crianças pretinhas e encardidas que soltavam pombas brancas em todas as direções. Logo atrás, vinham uns rapazes de cabelos rastafári dando cambalhotas e fazendo acrobacias complicadas, misturando-se a um outro grupo, de capoeiristas, todos muito lourinhos, também de branco e com cordões de várias cores nas cinturas, executando aqueles "aús", "bênçãos" e "rabos-de-arraia" que a gente já manja de outros carnavais.

Mas o melhor eram os tambores, cada qual mais colorido, batendo direitinho, em sincronia com o som que vinha das caixas, naquelas viradas bonitas que puseram o Paul Simon e depois o Michael Jackson literalmente "de quatro".

O samba-enredo, mesmo sem ter nada a ver com samba, era muito bonito. Apesar da letra, que eu fiz questão de anotar, pois dizia assim:

Sorri, periferia!
Chegou a Caravana da Cidadania!
Tem capoeira, hip-hop, rap, reggae, olodum
Pode chegar
Que sempre cabe mais um!

(E aí repetia, pra entrar na segunda)

Chega de torno, eletrônica
Motor a explosão
Cidadania não se faz de macacão!
Nada de eixos, parafusos
Ou virabrequim
Cidadania é ser modelo e manequim!
Sem essa de engrenagem

De embreagem
De relê
Cidadania é ser famoso na tevê
Escola tá ruim
Emprego já era
A Caravana traz a fama pra galera!

Nessa ONG que eu vou
Olha a ONG, ioiô!!!

(E repetia pra voltar "da capo")

Não gostei da letra, que me pareceu derrotista e injusta, pois ainda tem muita gente fazendo coisa certa por esse Brazilzão todo aí – Márcio Moreira Alves que o diga. Mas, enfim, estava fundada mais uma ONG na nossa roça. E isso era bom!

PRETO VELHO E O DIA DA CULTURA

– Cultura, mizifio – diz o Preto Velho aqui do Lote – é tudo aquilo que o ser humano realiza em contato com o meio ambiente. E, aí, nesse balaio grande cabe tudo. Cabem, inclusive, a cultura anonimamente produzida pelo povo e aquela outra, criada a partir desta e trabalhada industrialmente para ser oferecida a esse mesmo povo em doses massivas, mizifio!

O Preto Velho sabe das coisas. E está sempre atualizado:

– Nem mesmo nos rincões mais afastados pode-se hoje viver alheio à cultura de massas, mizifio! Imagine suncê o que é, hoje, viver sem luz elétrica, geladeira, rádio, televisão, telefone – para só falar dessas coisinhas mais do que básicas. Eh,eh!

Mas cá entre nós – argumento eu –, a gente bem que podia escolher a luz, a geladeira, o rádio, a televisão que a gente quer, não? Pois o grande grilo da cultura, hoje, pra mim, é esse: ter que vestir o mesmo estilo de roupa que todo mundo veste, ter que escutar a mesma música, ter que beber a mesma bebida, ter que comer a mesma comida, ter que se comportar do mesmo jeito.

É aí que surpreendentemente, nesse papo pelo Dia da Cultura, Preto Velho saca uma citação do maestro Villa-Lobos:

– "O compositor invulgar, mizifio, é o único que poderá reagir dentro da sua época e do seu meio à vertigem exagerada do progresso, à fatalidade das tendências e ao delírio das modas, olhando reto, raciocinando justo e agindo rápido, obedecendo às leis lógicas que o destino lhe deu para universalizar os pensamentos humanos." Morô, mizifio?

Tem razão o Preto Velho. E não se diga que Villa-Lobos, com este pensamento, não estava se referindo aos do nosso time – porque ele frequentava e admirava os "do morro" também, como Cartola. E observe-se que na "fatalidade das tendências" e no "delírio das modas" que Preto Velho citou, pode estar contida também aquela coisa sempre presente entre os "da Cultura" de "reinventar a roda" ou repetir o mito de Sísifo, empurrando uma enorme pedra montanha acima para, quase no topo, vê-la rolar e ter que começar tudo de novo.

– É verdade, mizifio! Esse povo da Curtura! Hmmm...

FAZER O QUÊ?

A linguagem do povo carioca e dos arredores, ao longo dos anos, tem criado palavras, frases e modos de dizer, sem dúvida, definitivos em sua expressividade. Ou o leitor conhece expressões recentes mais exatas, pra comunicarem o que pretendem, do que a desdenhosa "é ruim, hein!", sempre acompanhada do competente muxoxo, ou a exclamativa "brincadeira!", pronunciada sempre com expressão de incredulidade.

Ouço, agora, nos ônibus dos subúrbios e da Baixada, nos trens da Central e nas lancinantes reportagens sobre o violento cotidiano dos despossuídos, uma outra frase, definitiva em sua confissão de impotência diante do grande descalabro em que se transformou este país: "Fazer o quê?".

Pois é... É isso! E é então que ligo o radinho, corro o *dial*, AM pra lá FM pra cá, e só consigo sintonizar emissoras evangélicas, algumas travestindo de pop sofisticado suas mensagens de conversão dos infiéis. Fazer o quê?

Abro um jornal, vejo anunciado um show pela cidadania e contra a exclusão. E vejo que a trilha sonora é aquela das multis que nos excluem, nos descidadanizam e desnacionalizam, impondo-nos seus tênis, seus bonés de beisebol inexplicavelmente com as palas pra trás (a pala não foi feita pra proteger a visão?), suas camisetas cheias de propaganda naquela língua que só os não excluídos entendem. Fazer o quê?

Abro outro e vejo colunas, colunas e mais colunas "sociais", falando das festas dos bacanas, e "artistas", dos prêmios literários que na verdade são jabás das editoras, que mandam nos suplementos literários, dos prêmios de música que na realidade são jabás das gravadoras. E vejo, é claro, nas páginas de política, CPIs, CPIs, CPIs que a gente sabe que não vão dar em nada porque afinal o corrupto tem curso superior e vai no máximo amargar uma prisãozinha domiciliar. Fazer o quê?

Ligo a tevê no canal hegemônico e vejo, de raspão, mais uma tela quente, mais uma temperatura máxima, mais uma linha direta. E constato que é aí que a vagabundagem faz vestibular, se forma, posgradua e se especializa nas técnicas cada vez mais sofisticadas do terror, da expropriação, da distribuição de renda ao seu modo. Fazer o quê?

A FAMA E A GLÓRIA
(Soneto Sincopado)

A Fama encontrou a Glória e perguntou pra ela:
"Gostou dos meus olhos? Viu como eu sou bela?
A Glória não quis responder e apenas sorriu
Caminhando tranquila. Mas a Fama insistiu:
"Repara como todo mundo me anseia e deseja!
Todo mundo me adora, me elogia e corteja!"
A Glória foi atenciosa, mas se desculpou:
"Há uma longa jornada até o lugar aonde eu vou."
A Fama ofereceu carona e a Glória agradeceu
"Meu caminho é de pedras, vai furar seu pneu!"
A Fama sentiu-se ofendida e arrancou furiosa
Resmungando: "Que audácia! Pobretona orgulhosa!"
E aí, a galera aplaudiu e não viu quando a Glória
Recolheu-se ao seu canto... nas páginas da História!

UM BRINDE À VIDA: GUARANÁ FONSECA!

Os ibêjis aqui do Lote (que tanto podem atender pelos nomes de Taiô e Kaindê, quanto de Olori e Oroniã ou, ainda, Ntala e Nsamba) frequentam um balneário imaginário chamado Praia de Maracujá. Com o calor sufocante da última sexta-feira, eles lá se deliciavam com o também imaginário "Guaraná Fonseca". Foi aí que resolvemos chamar um imaginário repórter de um caderno de variedades desses aí para entrevistá-los. Afinal, por que essa preferência por um refrigerante tão pouco fashion? Gravado o papo no nosso gravador Gelloso, de rolo, vai ele aqui reproduzido:

REPÓRTER: E então? Como é essa coisa de Guaraná Fonseca?
ELE: Fonseca é o único guaraná naturalmente supergaseificado. É medicinal, dá apetite, saúde, vigor... É alimento em forma líquida!
ELA: Fonseca torna os fracos fortes. É refrigerante, tônico, reconstituinte e aperitivo. É o mais completo fortificante.
REPÓRTER: Tem diet?
ELE (DEBOCHADO): Não só "dai-te", como "recebei-te".
ELA: Delicioso, agradável, revigorante, o Guaraná Fonseca é preferido a todos os congêneres e exigido por pessoas de bom gosto. É qualidade digna de confiança!

REPÓRTER: Tem delivery?
ELE (JÁ IRRITADO): Só de "lívere" e espontânea vontade...
ELA: Por seu aroma e seu sabor delicioso, Fonseca é o melhor do Brasil e o preferido pelos apreciadores. Sua cor de âmbar pálido comprova seu envelhecimento em tonéis de carvalho.
REPÓRTER: Não é embalagem pet?
ELE: "Pet" carvalho. Em homenagem à nossa madrinha.

(RISOS)

ELA: O Guaraná Fonseca proporciona ao organismo os elementos nutritivos que lhe dão vigor e bem estar: cálcio, carboidratos, ferro, fósforo, proteínas e vitaminas. E não admite confrontos.
REPÓRTER: Deve cair bem com um "Bigmac".
ELE (P. DA VIDA): Só com big...urrilho. De fazer mingau. E tirar o cavaco do pau.
ELA: O Guaraná Fonseca é o inimigo número 1 do calor. Bem gelado, possui o dom especial de tornar qualquer reunião mais amigável. Quando se está entre amigos, é um costume agradável tomar Guaraná Fonseca.
REPÓRTER: No Halloween, por exemplo!?
OS DOIS (EM UNÍSSONO, REVOLTADÍSSIMOS COM A ALIENAÇÃO DO REPÓRTER):
Halloween é o cacete !!!!!!!!!!!!!!!!!!!!!!!!

CREATIVE COMMONS NO LOTE

Na última segunda-feira demos um pulinho lá na Matriz, pra cuidar de uns assuntos relativos à Cultura aqui do Lote. Aí, o presidente nos pegou pelo pé e nos fez falar sobre um assunto chato paca, que é Direito Autoral.

– É verdade que o direito autoral lá no seu Lote é "vale-tudo"? – perguntou ele, ao que prontamente replicamos.

– Não, Excelência! Tá tudo nos conformes.

– Mas disseram no Globo que "a gestão coletiva dos direitos autorais lá é feita por editoras e gravadoras".

– Quê que é isso, Mister? Quem falou isso escutou o *cock* cantar e não sabe onde.

– Dizem também que estão "dotando o Estado de ferramentas para controlar e fiscalizar o direito autoral, garantir o recebimento a seus titulares".

– Eu hein?! Tá doido, sô? O Direito Autoral é um dos direitos de cidadania e seu âmbito é privado. Quem controla e fiscaliza são os autores do Lote, através de suas sociedades de gestão.

– Disseram que lá, quando se compra um aparelho de copiagem de CD, por exemplo, a cota que indeniza os autores sobre as cópias já está embutida no preço.

– Ah, meu sinhô, quem dera! Os autores do Lote lutam por isso há anos, mas "os hômi" nunca deixaram essa lei pegar.

— Mas a Lei Autoral de lá está ultrapassada, não está?
— Que nada, Seu Bush! Tudo o que se precisa ela tem: cessão, licenciamento, doação, empréstimo, aluguel... tá tudo lá no capitulo V, "Da Transferência dos Direitos de Autor". Quem quiser dar o que é seu, que dê: ninguém tem nada com isso!
— Como é então que ficam dizendo que lá no seu Lote é tudo engessado, que precisa "flexibilizar", abrir, arreganhar...
— Perdoai, meu sinhô! Eles não sabem o que dizem. São uns "criativos comuns".

* * *

O Bush não entendeu nada. Mas também quem manda se meter nesses assuntos complicados?

RAY CHARLES NO MINISTÉRIO DA CULTURA

A forçação de barra no sentido de jogar o samba na vala comum do pop já começa a atingir as raias do patético. Foi nessa que o pessoal do MinC – sabe-se lá o porquê – emitiu nota de pesar pelo falecimento do grande músico americano Ray Charles (e Rosinha de Valença, que partiu quase que no mesmo dia?), alegando, inclusive, sua contribuição até para o "pagode brasileiro".

Factoides como esse, em sua "legitimidade intrínseca basicamente não consciente e não utilitária" (como diz a nota), estão espocando, agora, a três por dois: "tombamento do samba"; "reforma agrária no direito autoral", apoio a projeto de lei que legitima a inadimplência dos exibidores de cinema para com os autores de trilhas sonoras (a execução pública da música, através do filme, na sala de cinema, como em qualquer outro local, obriga ao pagamento de direitos autorais, sim: está lá na Lei).

Então, presta atenção, pessoal do MinC! Os autores brasileiros conscientes já estão cantando "Don't break my heart". E daqui a pouco passam pra "I can stop loving you" (assim mesmo, na afirmativa).

Porque o pior cego... Não! Ray Charles sabia das coisas!

TABERNÁCULO VERSUS ARCA DA ALIANÇA

Leio no jornal de um município aqui próximo ao Lote sobre a realização de um Campeonato Evangélico de Futebol. Mente desocupada, sabe como é né?...
   Aí, começo a imaginar a irradiação de um jogo. É entre as fervorosas equipes do Tabernáculo F.C e do E.C. Arca da Aliança. E disputam o Evangelho Quadrangular. Apurem os ouvidos:
   – Iniciada a partida, Senhor! Aleluia!... Bola com Mateus que penetra pela esquerda, cruza na grande área para Ezequias. Avança Ezequias, é trombado por Jeremias. O juiz apita a falta e ordena: "Arrependei-vos!". Jeremias se redime. Cobra a falta Ezequiel. Domina Abdias e leva o Tabernáculo para o contra-ataque. Estica para Gedeão. Domina Gedeão e aplica uma unção em Samuel. Ô, Glória! Avança Gedeão, passa por um ímpio, dribla um filisteu, é acossado por um macabeu, estica na ponta para Malaquias. Ó, Glória! Malaquias vai entrando com bola e tudo. Está cara a cara com o goleiro. Pára. O goleiro grita: "Tá amarrado!". É incrível, Senhor! Malaquias fica totalmente paralisado. Vem Ebenezer, toma-lhe a bola e leva o Arca da Aliança para o ataque. Estica para Mateus, este para Sofonias. Vem em seu encalço Roboão. É uma verdadei-

ra babel, Senhor! Roboão aplica uma carruagem de fogo em Nehemias. Repreenda-o, Senhor! "Pe-ca-do! Pe-ca-do!", grita a torcida. O Juiz mostra o Salmo 19 a Roboão. Prepara-se Uziel para cobrar o dízimo. Corre Uziel... o juiz apita... É o juizo final, Senhor! Terminada a partida! Tabernáculo O x Arca da Aliança O. Sem nenhuma revelação. Mas a arrecadação foi um maná dos Céus: rebanho dizimista, 1.235 ovelhas, a uma média de R$ 5,00 cada uma... Conta aí, ministro! Ó, Glória! Deus é fiel!!!

O ROCK BRASILEIRO É COISA SÉRIA

Durante algum tempo, nós aqui no Lote achamos que o Rock Brasil era brincadeira de garoto. Como a da gente, nos anos 1950, quando aprendeu que o *pencil* estava sempre *on the table* e que o *floor of the classroom* era *square*.

Mas agora estamos vendo que a coisa é muito mais séria. E essa constatação começa ao lermos, numa coletânea de contos, um do músico Tony Bellotto que começa assim:

"A má notícia é que o pó tinha acabado [sic]. A boa, estávamos em Presidente Prudente, rota dos contrabandistas e traficantes que saem do Paraguai e Mato Grosso pra desovar mercadorias no estado de São Paulo. Eu dividia o quarto com outro guitarrista da banda, Thiago. Ele também não cogitava fazer o show de cara limpa. Ligamos pro nosso roadie, Billy, e ele conseguiu o telefone do traficante."

Roadie, para quem não sabe, é o cambono dos roqueiros. E até aí nada de mais, pois a trama se passa no campo da ficção.

Só que lemos na capa do Segundo Caderno de *O Globo*, em matéria de Luiz André Alzer sobre o grupo Titãs, a informação: "Em novembro de 1985, ele [Arnaldo Antunes, letrista e cantor] e Bellotto foram presos com heroína. Bellotto ficou apenas uma noite na cadeia, mas Arnaldo – que havia passado a droga para o guitarrista – foi enquadrado como traficante e amargou 26 dias atrás das grades. O vocalista só foi libertado após um penoso trabalho do advogado contratado pela banda, Márcio Thomaz Bastos, hoje ministro da Justiça".

Foi aí que, ante a perplexidade geral, a comadre, completou meu copinho de geleia com cerveja Baixa Renda e sentenciou:

– É, meu Velho... Rock brasileiro não é brincadeirinha, não! É coisa de gente grande!

MY LOT ENTERTAINMENT INC. APRESENTA: MAIS UM CAPÍTULO DO SAMBA

O problema todo é que o samba começou a dar dinheiro, meu patrão. E onde tem dinheiro, logo, logo, os moços bonitos se intrujam e tiram os crioulos da jogada. Isso é sempre, em qualquer lugar. E com o samba não foi diferente. Quer ver só uma coisa? Direitos autorais. O senhor sabe o que é, não? Claro que sabe. Um homem estudado assim como o senhor...

O caso é o seguinte. Acompanha comigo o raciocínio:

No Brasil, a primeira sociedade arrecadadora foi a SBAT, fundada em 1917. Onze anos depois, em 1928, essa SBAT, obrigada pela chamada Lei Getúlio Vargas de direito autoral, começava também a arrecadar e distribuir, mal e porcamente, os direitos dos compositores de música. E, por isso, o pau lá dentro quebrou...

— Senhores, esta é uma sociedade de autores teatrais! Temos em nosso seio figuras da estatura de um Viriato Correia, de um Bastos Tigre, de um João do Rio. Como então vamos admitir no nosso convívio o "povo da lira", os capadócios, a gentalha dos ranchos, dos blocos, dos subúrbios, a negrada dos morros e dos cortiços?

Quem falava assim era um Fulano de Tal, neto do Visconde de Qualquer Coisa. Mas tinha gente que não concordava.

— Ilustre colega, a canção popular pode não ser algo meritório, do ponto de vista da criação intelectual. Mas pode redundar em crescimento para nossa sociedade. Os direitos de música daqui a algum tempo podem render um bom dinheiro! Conversa vai, conversa vem, depois de muito lero-lero veio a solução. Na base do salomão, sabe como é que é, né?
— Bem... Que eles entrem. Mas que venham compostos, limpos, sóbrios, sem abrir muito a boca, por causa do bafo... E sem direito a voto.
Mas — o senhor sabe como é né? — a discriminação vinha de tudo quanto era jeito. Então, os compositores começaram a reagir. Mesmo porque, entre eles, já tinha gente de paletó e gravata, filhos de boas famílias. Só que, nessa lengalenga, puxa daqui puxa de lá, muitos anos depois, em 1937, o vice-presidente da SBAT, Paulo Magalhães, perdeu as estribeiras e meteu o pé na bunda dos compositores. Aí, a coisa ficou feia.
— E agora, Valparaíso?
— Ora, Carlinhos, nós temos do nosso lado os editores. O Provolone e o Carnevale são nossos. E o Mister Runaway, esse funcionário americano que está aí, diz que está disposto a nos ajudar. Com dinheiro, inclusive.
— Mas... dinheiro do estrangeiro, Val? Do Departamento de Estado americano?
— Besteira, Alberto! O quê que tem? Dinheiro tem nacionalidade?
Esse Mister Runaway, inclusive, parece que esteve lá na Portela, naquela noite do Walt Disney, o senhor lembra? Naquela em que o Paulo acabou virando o Pato Donald. O senhor conhece a história... De forma que, aí, acabou sendo fundada a Associação dos Compositores... Na época, nenhum de nós sabia nada disso. E, mesmo eu, que estudei um pouquinho, não tinha capacidade pra entender essas

manobras. Mas eu tenho um amigo jornalista, por nome Tinhorão, sabe quem é? Pois, então. O Tinhorão me botou por dentro dessas jogadas todas.

* * *

O caso é que a SBAT sentiu o peso e chiou, botou a boca no trombone. Mas na diretoria tinha Chiquinha Gonzaga, aquela veterana que fez o "Abre alas que eu quero passar" pra aquele cordão lá do morro do Andaraí. Dona Chiquinha, embora tivesse morrido em 1935, ainda frequentava a SBAT e mandava à pampa na diretoria. E lá, praticamente só ela – e garantida agora em sua Eternidade – dava força pro pessoal do morro.
– O fato é que estamos perdendo dinheiro, meus senhores. Por causa de alguns "aristocratas" que temos aqui dentro...
O espírito de Dona Chiquinha não era brincadeira, não! Era fogo na roupa. Mas a reação a ela era forte. Os espíritas – e havia muitos lá nessa época – respeitavam ela. Os que não acreditavam, sabe como é, né, sacaneavam, chamavam ela até de "Chica Polca", pra debochar. Mas por trás. Porque, pela frente, era aquela falsidade...
– Senhora Maestrina! Nós, inclusive a senhora, embora já em outra dimensão, somos a aristocracia. Somos uma elite artística e intelectual. E, como tal, não poderíamos agir de outra forma.
– Sim, está bem, nós somos uma... elite, como diz o ilustre poeta... mas a música já começa a arrecadar um montante considerável. Os nossos autores, que antes escreviam canções exclusivamente para o teatro, hoje já começam a preferir o disco e o rádio.
A verdade era essa. Os discos, mesmo aqueles bolachões, gravados de um lado só, já começavam a vender bem. O rádio

já começava a ser um grande meio de divulgação da música. E, nessa, os vivaldinos procuravam um meio termo, uma solução lá e cá.

— Por que, então, nós não trazemos, de novo, os melhores da Associação pra SBAT? É só oferecermos melhores condições, mais vantagens.

— Nós temos conosco todas as representações estrangeiras. Não há o que temer. É só cobrarmos direitos mais barato. Eles não vão aguentar.

— E podemos também orquestrar uma campanha de descrédito. Isso sempre funciona.

Foi nesse dia, e por causa da pilantragem, que Dona Chiquinha cantou pra subir, mesmo, e nunca mais apareceu. Era briga de foice no escuro! E, nessa, a Associação, diante da grana e da influência da SBAT, quase que dá com os burros n'água, quase que vai pra cucuia.

Até que em 1942, aproveitando-se de um arranca-rabo, de um desentendimento que a SBAT teve lá com a sociedade americana, que ela representava aqui, uma curriola de famosos compositores, só quatro, mas tudo cobra-criada, fez lá um cambalacho e conseguiu pra eles a representação dos americanos. Aí os malandros — esses sim, é que eram "bambas"! — chamaram lá o pessoal da Associação e fundaram a Aliança, que está aí até hoje.

* * *

Três anos depois, em 1945, tudo se acerta: a SBAT fica com os direitos do teatro, que até hoje eles ainda chamam de "grandes direitos" e a Aliança fica com os "pequenos direitos", os da música popular. O mais engraçado disso tudo é que o pessoal do Estácio, do Salgueiro, de Mangueira, de Oswaldo

105

Cruz, o pessoal que começou, mesmo, com o samba foi sendo tirado de jogada. E isso principalmente depois que morreu o Noel. Esse botava o pessoal do morro na cara do gol. Mas os outros... Hmmm. Então, sambista agora, no rádio mesmo, era tudo bonitão e de gravata. E foi aí que nasceu esse negócio de "samba de morro" e "samba de rádio", "samba de meio de ano" e "samba de carnaval". Os crioulos só tiveram mesmo algum sucesso entre 1935 e 1942, pode ver. Daí em diante, babau! Teve nego até indo lavar carro pra poder comer. Nessa, o Mário – não me conformo com esse nome! – nessa, ele começou a descer a ladeira. E, na ilusão de ser "artista", acabou indo tocar no rádio, pra ganhar uns trocados. Mas tocar tamborim. Que era, naquela época – esse, sim, e não o violão –, instrumento de vagabundo. Entendeu, meu patrão?

O ÚLTIMO PAGODE DO ANDINHO

O negócio do Anderson, "Andinho" pra nós mais chegados, era tocar tantan nos pagodes. Não era dos piores mas tambêm não era nenhum Neoci nem Sereno nem Marcelinho. Mas não perdia um: Ideal, Ponto Chic, Mesquita, Juarez, Costela Abafada do 32... E onde chegava, no seu modesto Audi A3 de 4 cilindros, turbocompressor e intercooler, era sempre saudado, e saudava efusivamente:

– E aí, sangue bão?!

O problema é que o pai do Andinho era um dos próceres, um dos líderes, um dos caciques (erramos?) da política da Baixada. E queria porque queria que o filho, único, fosse o continuador de uma dinastia de beneméritos que vinha do bisavô, desde o tempo do velho Amaral Peixoto.

Mas Andinho queria era tantan, Rio Sampa, artes marciais, Via Show, Grande Rio, uma latinha gelada, gatinhas, cachorras e um red-bull de vez em quando. E talvez por isso, com 19 anos de idade, ainda não tinha terminado o segundo grau.

Resumindo a ópera, Andinho não queria nada com a "Hora do Brasil". Pelo que, ano passado, seu pai tomou a drástica decisão:

– Vou te candidatar a deputado estadual, seu vagabundo!

Dito e feito. E, aí, entabulados os necessários conchavos, negociações, coligações e alianças, iniciada a campanha eleitoral, lá estava a cara do Andinho – triste, acabrunhado, abatido – em centenas de outdoors – nos quais só se lia "Andinho" e o número do candidato – espalhados pela Baixada, pela Zona Oeste e até por boa (?) parte da Costa Verde.

Ontem, encontrei o Andinho no "Treyller da Marly". Ainda mais triste, acabrunhado e abatido. Era seu último pagode, o de despedida, pois acabara de ser o mais votado do PCAPA, Partido dos Correligionários e Amigos do Pai do Andinho, vulgo "Pe-ce-a-pá", com 30 e tantos mil votos.

Foi aí que ele me contou toda a história, do esporro do pai à eleição. E me falou, quase chorando:

– Já pensou? Ter que acordar cedo todo dia e enfrentar engarrafamento na Dutra, tiroteio na Linha Vermelha... e ainda por cima de paletó e gravata. Sacanagem do meu pai!

DANÇA DE VELHO

Aqui no Lote e adjacências, com as crianças correndo pra baixo e pra cima, com suas fantasias de bate-bola, pânico, bala perdida, caveirão e similares (depois que o Halloween chegou por aqui, fantasia não é mais graça, é só terror), já é carnaval. Tanto que a placa "Vende-se um Gorila", na casa aqui em frente, só assusta os visitantes. E, por isso, ninguém se espantou quando o coroa estranho entrou no bar da simpática inglesa Anna Bowl, sentou, pediu um cálice de parati com ferné, uma cerveja Teutônia e uma porção de tremoços.

De terno e sapato branco, colete, chapéu panamá de aba curta, o pescoço ocupado com um plastrom azul piscina combinando com a fita do chapéu e, no braço esquerdo, a rosácea bordada, onde se lia apenas a expressão "Velha Guarda", o coroinha já estava pronto. E, na nossa mesa, o papo era sobre escola de samba.

Discutíamos sobre ensaios técnicos, recuos táticos, coreografias, protótipos, cronometragens, essas coisas de sambista. Mas aí o nego véio, já no quarto cálice e na segunda ampola, não resistiu, meteu o bedelho no nosso papo e solou um choro de Pixinguinha:

– Vocês querem saber de uma coisa? Escola de samba era na Praça Onze, no meu tempo! Naquele tempo, a comissão de frente era de 10% sobre o faturamento bruto. Nunca menos que isso. E mestre-sala não era só mestre-sala, não! Era mestre-

-sala, cozinha, banheiro, dependências de empregada... E ainda tinha área de lazer. Vocês estão pensando o quê? Bateria? Não era isso de hoje, não! Era bateria mesmo, com aquele grupo de pilhas, acumuladores ou condensadores, ligados em série ou em paralelo, carregados e descarregados simultaneamente. A intensidade da corrente era tal que dava pra iluminar isso aqui tudo, até lá na Dutra! E as pastoras? As pastoras eram tranquilas, serenas, pregando e tal, mas sem meter a mão no bolso da gente e fugir pra Miami. Naquele tempo nenhuma pastora tinha dinheiro em paraíso fiscal, não, meu camarada! Era séria a coisa. E quando o diretor de harmonia gritava pra uma delas "dá nas cadeiras, cabrocha!", ela não dava só nas cadeiras, não! Dava no sofá, na poltrona, no divã, na espreguiçadeira. Dava mesmo! E os passistas, quando o diretor mandava eles dizerem no pé, eles se envergavam todos, até encostar a boca no tornozelo e aí mandavam um "alô" pedindo pro povo abrir alas e saudando os órgãos da imprensa. E os órgãos da imprensa naquela época eram só cérebro e coração, meus queridos! E ainda tem mais: pra entrar na escola tinha que saber pelo menos fazer uma letra, assim ó...

Nessa, a gente sem entender absolutamente nada, o coroa se levanta e risca, no ar e no chão, com a ponta do pé, um "a", um "e", um "i", um "o" e um "u", como – dizem – faziam, no carnaval dos cordões, antes das escolas, os "velhos". E tudo mais ou menos naquele tipo de dança que ainda se usa, em Cuba, nas figurações da Colúmbia, a rumba mais tradicional, vinda de lá do velho Congo.

– Esse coroa é doido! – diz o cronista carnavalesco Dezóio.

– Doidos somos nós. – diz o Rubem Confete. – Esse velho sabe das coisas, como quase todo velho. Só está misturando um pouquinho as estações. Mas ainda sabe muito bem "dançar de velho", como os malandros do bom tempo. E nós aqui nessa bobeira de ensaio técnico, protótipo, cronometragem...

¿POR QUÉ NO TE CALLAS?

A primeira vez que ouvi a frase aí em cima, foi em 1955, numa aula de História da América do professor Duarte – lembra, Gilberto? Ele contava as barbaridades cometidas pelos espanhóis quando tomaram o México e eu, não me aguentando mais, fiz ecoar pela sala o meu grito de revolta:
– Covardia! Sacanagem!
Foi aí que, no exato momento em que eu ia sendo rebocado, pelo saudoso Bianor, para fora da sala, convenientemente expulso, a voz, saída lá do fundão do século XVI, chegou ao meu ouvido, cava, soturna, ameaçadora:
– *¿Por qué no te callas?*
Aliás, segundo eu vim saber depois, foi essa mesma frase que ouviram, no Caribe, na viradinha do século XV para o seguinte, na hora final de seus respectivos suplícios, quando insistiam ainda em dizer alguma coisa ou simplesmente emitiam um gemido de dor, entre outros e outras, Anacaona, rainha de Xaraguá; Higuarana, de Higuey; os reis Gonabo, de Maguana e Guanacari, de Marien; e Hatuey, cacique dos siboneys cubanos:
– *¿Por qué no te callas?*
E, segundo os entendidos, ela foi ouvida também por García Lorca, quando, na hora de seu fuzilamento, em 1936, teria resolvido declamar o poema "Prendimiento y muerte de Antonio Torres Herédia, el Cambório".

– ¿Por qué no te callas? – disse a voz. E mandou bala.

E foi com esse belo poema repicando na mente que, noutro dia, resolvi perguntar a um ilustre advogado autoralista o motivo pelo qual a entidade que gere os direitos dos compositores espanhóis, mesmo tendo convênio de reciprocidade com as maiores e mais importantes congêneres brasileiras, insiste em manter um escritório no Rio. Eu mal acabara de formular a pergunta, veio a voz, lá do Fundo... ou melhor, lá do Mercado Comum Europeu:

– ¿Por qué no te callas?

Meti o rabinho entre as pernas e lembrei que precisava ir ao Banco Santo André, tirar um extrato. Cheguei na cabine, enfiei o cartão, digitei e coisa tal... e aí veio o saldo. Negativo? Mas como? Que taxa é essa? Socorro! Estão metendo a mão no meu bol...

– ¿Por qué no te callas? Antes que eu completasse a frase, a voz veio lá de dentro, do fundo do caixa eletrônico.

Apavorado, saí correndo e entrei debaixo de um orelhão pra chamar a polícia. E, mal eu disse "oi", antes de fazer a reclamação, veio a voz de nuevo, lá do outro lado:

– ¿Por qué no te callas?

Bati o telefone na cara da voz e, felizmente ainda vivo, peguei o celular. Teclei. Esperei um pouquinho. E lá veio o esporro novamente:

– ¿Por qué no te callas?

Será que eu pirei? Vou eu, cabisbaixo, pela rua, como um Lima Barreto pós-moderno (ou um Dom Quixote?). Então resolvo levantar a cabeça e olhar um jornal pendurado na banca, em frente à filial do Cervantes que tem aqui perto do Lote. E leio a manchete:

"Espanha tenta difundir ideia da Ibero-América"

Corro os olhos pelo texto e dou de cara com o gráfico sobre "o peso de cada economia na região". E lá está: Brasil, 27,5%; Espanha, 19,2%; México, 17,8%, Argentina, 9,5%... e por aí abaixo. Lembro que Brasil e México (além de Cuba, a mulata que não está no mapa) são os líderes musicais do pedaço.

É então que, o pensamento na sociedade dos compositores espanhóis, começo, involuntariamente, a cantarolar o bolero cubano que arrebentou nossos corações na década de 1950, na voz do saudoso bigodudo Bienvenido Granda: "No me digas nada / Quedate callada / Brilla em tus pupilas / Nuevo amañecer..." – lembra, Gilberto?

Nisso, chega o Braguinha. Que, recuando ainda mais no tempo, lembra a goleada de 1950 e me pede pra cantar com ele a "Touradas em Madri". Mas não conseguimos cantar tudo. Porque, na caixa de som do boteco onde chupitamos nosso Domecq (que também é de lá), de repente, a voz, livrando a cara do saudoso "João de Barro", que era fundador da UBC, reboa pela última vez:

– *¿Por qué no te callas?*

É claro que quebrei tudo! Celular, orelhão, cartão do banco, os discos do Fico En Páez, de Charly Graziñas, Gayetano Velóz e Charlito Marrón, derrubei a panela de paella que Dona Lolita preparava, dei uma banda no Manolo... Pra finalizar, resumindo esta história, rasguei bem rasgadinhas as camisas do Real Madrid e do Barcelona, que eu tinha dado à Comadre e ao garoto no Natal. E, no meio dessa tremenda revolução "boulevariana" (o boteco era na Vila), com o ponto de interrogação já de cabeça pra cima, eu acordei. Que pena!

O REI DO GATILHO NO MORRO DO SUPREMO

Foi brabo! De repente, não mais que derrepentemente, o João Pessoa, que escreve lá seus versinhos e faz lá seus forrozinhos, entrou doidão, tresoitão em punho, na "Casa de Noca", que é o pé-sujo mais típico aqui perto do Lote – na subida do Morro do Supremo – e, mesmo quase caindo, apertou três vezes na direção do Cabedelo, seu conterrâneo e ex-amigo.

No Estado em que estava, João Pessoa, mesmo apertando a queima-roupa, só conseguiu acertar uma ameixa no pobre do Cabedelo. Mas já viu, né? Foi na lata, na cara, arrancando três dentes, um pedaço da língua e fazendo um rombo des'tamanho na fisionomia do desditoso ex-amigo e ainda conterrâneo.

O negócio foi feio. E as mulheres, como sempre nervosas, gritavam:

– Ai, minha Nossa Senhora! Socorro! Chamem um médico! O homem está se esvaindo em sangue!

Era tudo um grande bafafá, um bolôlô, um trelelê. Era o cão chupando manga. O Cabedelo lá estirado, numa sangueira só, e o João Pessoa ainda se dando ao luxo de exibir, ali na hora, seus dotes de cantador:

– É maluco do juízo – declamava ele – quem segue este meu rojão: se me mordê, quebro os dente; se intimá, furo no vão... Marmeleiro dá bom facho; catingueira, bom tição; angico dá cinza e brasa; jurema só dá carvão... Onde foi casa é tapera: por sinal, deixa o torrão. Inda que a chuva desmanche, fica o sinal do fogão.

Ia lá o João Pessoa, doidão, na sua cantoria quando de repente... Uóóóóóóóóóóóóóó... Polícia, sirene aberta? Não! Que nada! Era uma ambulância! E sabem quem saltou de dentro dela, cheio de ginga, terno branco de linho S-120, sapato bicolor feito sob medida no Souza, na Rua Larga, camisa de palha de seda, gravata colorida, e no alto do cocuruto um chapéu de panamá comprado na mão do Almir, na Chapelaria Porto, na Senador Pompeu, e ainda por cima com um palito no canto esquerdo da boca, logo abaixo daquele bigodinho parecendo uma divisa de anspeçada? Sabem quem? Hein, hein? Quem?

Era ele, o próprio, o "mulatinho", o "Kid Morengueira", "o tal", que meteu lá:

— Vocês não se afobem, que desta vez Sua Excelência ali não vai morrer. Vocês botem terra nesse sangue, que isso não é guerra. É apenas uma disputa política, de território, e coisa e loisa, tereré, pão duro. E o que vai acontecer é o seguinte... Como o João Pessoa é deputado e tem foro privilegiado, é pelo Superior que ele vai ser julgado. E isso ainda vai demorar um bocado. Aí, quando passarem uns quatorze anos, e os capa--preta lá em cima resolverem chamar ele "aos costumes", ele, que bebe mas não é trouxa, vai, renuncia ao mandato e diz que quer júri popular, que quer ser julgado pelo povo, que esse negócio de foro privilegiado não é com ele.

O povão que tinha se chegado, atraído pelo papo da grande figura, vibrava com o Morengueira. E ele deixava cair, naquela manemolência, naquela ginga, naquele fraseado:

— Aí, o processo começa tudo de novo. Afinal quem nasceu primeiro, a galinha ou o ovo? Aí vai ano velho, vem ano novo... quando chegar a hora do Tribunal do Povo, em nome da moral, do direito e da decência, o processo já chegou na prescrição e na decadência...

Morengueira é demais! E o povão se acabava. Então, ele arrematou a sua magistral interpretação com um tremendo breque jurídico, em latim:

— *Sublata causa, tollitur effectus!* Honoris causa... Verbo ad verbum...

LAÇOS E PEDAÇOS

DRUMMONDIANDO NO LOTE

Como toda boa família pobrezinha, mas patriarcal, a antiga do Irajá reunia-se "à mesa", ritualisticamente aos domingos. O Velho fazia o "confere", sentava-se à cabeceira, tomava um gole de abrideira, dava um pouquinho, só um golinho, pro violonista Ernesto, o primogênito, e aí, o almoço fumegando quentinho (feijão com tudo dentro, arroz, macarrão e carne--assada) começava o papo.

Quem fez isso, quem fez aquilo; quem foi melhor em campo; quem tirou zero em matemática e só mostrou o dez em inglês (quem, quem?); quem anda beliscando a mulher do vizinho; quem só quer saber de ir pra casa do Seu Zé tocar sanfona; quem vai casar; quem quer morrer solteirão; quem vai melhorar de emprego; quem está terminando o curso de corte-e-costura; quem quer estudar datilografia de noite pra ser alguém na vida... Tudo à volta da velha mesa de madeira de lei, pesadona, de idade não sabida nem imaginada – ô, família velha, meu sinhô! Sobre seu tampo sonoro, o ano todo, altas batucadas, nozes e avelãs, fantasias sendo cortadas pro carnaval, deveres de casa, desenhos e caricaturas, e, sobretudo, muita comida, bebida e alegria.

Rolou que rolou a vida e, depois de mais de 40 anos da partida do Velho, a mesa veio parar no Lote, na casa do Velhote. E foi inaugurada festivamente, como convém e nós merecemos.

Hoje então, ela, Sua Majestade A Mesa Primeira e Única, embora em outro lote, continua sendo uma realidade concreta e não uma lembrança nostálgica, um drummondiano retrato na parede. Porque família é pra isso. Pra estar junta. Sem interesses outros que não o do amor e da fraternidade. Como neste poema, lido, a voz do vate embargada de espuma e os olhos marejados de cerveja, no dia da inauguração:

À MESA

Dois metros de comprimento
Por um metro de largura
Com oitentinha de altura
Não é mesa: é um monumento
No seu tampo, o alimento
Cozido, assado, em fritura
E em torno, muita fartura
De bom humor e talento
À cabeceira, a Energia –
Que acendeu nossa alegria
E mantém a chama acesa –
Ergue um brinde ao nosso afeto
Vendo Seus filhos e netos
De novo ao redor da Mesa

Ê, IRAJÁ! O SAMBA JÁ NÃO É A ÚNICA COISA...

Em janeiro de 2003, com 85 anos de idade, partia para a outra dimensão nosso irmão Dayr, o "Noco", homem com "H", que nos deixou uma tremenda lição de vida.
Nossa primeira lembrança dele vem muito vaga, talvez de 1944, na forma de umas aterrorizantes perneiras de couro, parte de seu uniforme de cabo do 2º R.I., às vésperas de embarcar, de surpresa, do Irajá para a Itália, onde foi ajudar a tomar Monte Castelo. Puro e com gelo.
Depois foi a festança da Vitória. Acontecida após muita apreensão, tristeza e contrição de nossa mãe, diante da imagem sagrada da outra Mãe mulatinha, a Aparecida. Festa da vinda (com licença do Cartola), que nossa vaga memória guarda como o primeiro grande pagode no sempre festivo quintal – Ê, Irajá!

* * *

Vejam só as maninhas Quinha e Namir, mais o Zeca com 6 anos, enfeitando o quintal de verde-amarelo e antecipando o Ifá que hoje nos guia! Ouçam o saudoso trombone do mano Gimbo, fanfarra de todas as farras; o não menos violão do mano Ernesto, harmonia das harmonias; a cuíca do mano Lozinho, também saudosa; o cavaquinho do Dica, o pandeiro do Tonga e a picardia do Mavile. Sintam o chope rolando nos barris de madeira, os muques bombando as bombas, a espuma no bigode do meu tio... e a comida em quantidade tão industrial que chega a estragar, nesses tempos em que geladeira é coisa de bacana.

* * *

Mais tarde, vimos Nosso Herói, sempre alegre e brincalhão, com sua não menos heróica Natalina – sobrinha da Tia Eulália de Além Paraíba – gerar filhos e filhas, "espada" que era, e ter que se virar pra levar o pão pra casinha de quarto e sala, sem banheiro, no fundo do nosso quintal. Operário metalúrgico da Casa da Moeda, sim, mas também lanterninha de cinema, vendedor de sorvete no Maraca, ajudante de carnavalesco no barracão da Mangueira, exímio ladrilheiro e colocador de azulejos – com aquelas mãos calejadas, mas de artista, criadora de balões de todas as formas, até de elefante, com as bocas acesas nas quatro patas – ele ia à luta.

Ê, Irajá! Que homem, meu Deus! Capaz de suportar anos de imobilização por conta de uma doença reumática, talvez importada do gelo italiano, e sair dela, já quase setentão, para as peladas dominicais na quadra do Pau-Ferro. Capaz de dizer suas sacanagens espirituosas de manhã e à noite ir estudar e divulgar doutrina espírita em sua fraternidade kardecista.

* * *

Pois os sete filhos e filhas desse homem admirável – quase todos trilhando aquelas carreiras universitárias que nossa humilde condição permitiu – cresceram e tiveram filhos, nossos sobrinhos-netos. Que hoje, como os jovens Júlio e Jader do Carmo Lopes, fazem coisas complicadas como "curso superior de administração de redes para Internet" ou "curso superior técnico em gestão da indústria de petróleo e gás".

Mas nada tão intricado como a que fez – Ê, Irajá! – a química Joyce Lopes de Andrade, 26 anos. Ela acaba de aprovar, com louvor, no Fundão, sua tese de mestrado intitulada "Peroxidases de Paecilomyces variotti e Sistemas Biomiméticos na Oxidação do Isossafrol".

Nós aqui do Lote, espertos que somos, sabemos que isso tem a ver com enzimas que catalisam a degradação de peróxidos e com a adaptação na qual um organismo possui características que o confundem com um organismo de outra espécie. Mas quem nos acaba de soprar a "cola", só de sacanagem, é o velho "Espada".

Feito isso, lá no Infinito, onde mora depois de cumprir sua trajetória fluorescente, fosforescente, argêntea, límpida; e de onde ilumina sua família e sua descendência, ele pega o clarinete e arrisca um choro catalisante, enzimático, daqueles bem oxigenados. Ê, Irajá!

O SORRISO DO VELHINHO

Tinha eu meus oito anos de idade e acabava de ingressar, depois dos preparatórios no coleginho doméstico de minha Tia Rosa, na 3ª série da Escola 20-10 Maria do Carmo Vidigal. Era setembro de 1950, o clima era de eleições e meu pai queria botar o retrato do Velho, com aquele sorriso, outra vez, no mesmo lugar de onde saíra cinco anos antes.

Meu tio-avô Juca, ex-ator amador, dentista e protético com consultório no casarão de Quintino, e funcionário do "emplacamento" na Francisco Bicalho, tinha um amigo candidato a vereador. Era um mulato alto, parrudo e grisalho chamado Waldemar de Barros e integrava uma chapa com Eurico de Souza Gomes Filho, diretor da Central (imaginem!) e o famoso Napoleão Alencastro Guimarães, respectivamente candidatos a deputado e senador.

Doutor Waldemar trabalhava com peixe, parece que na administração do entreposto da Praça Quinze. E aí, Tio Juca armou com meu pai uma peixada eleitoral, no nosso grande quintal, reunindo parentes, amigos e outros possíveis votantes.

Casa de festeiro, o peixe oferecido pelo candidato foi muito bem chegado. Menos, inicialmente, pros meus irmãos mais velhos que tiveram que ir lá pegar aquele montão de corvinas, tainhas e xereletes e trazer naquelas sacas pesadas, de lotação até o Irajá. Era 7 de setembro, dia de parada, trânsito enrolado, condução escassa. E eu acho que nem a "Variante", como primeiro se chamou a Avenida Brasil, existia naquela época. Mas deu tudo certo. Muita cerveja, todo mundo contente, Gimbo tirou o trombone do estojo, Ernesto meteu a mão no violão, Dica centrou no cavaquinho, Tonga firmou no pandeiro, Lozinho roncou na cuíca e o pagode ficou redondo.

De repente, lá estou eu, sob o "pôster" (que ainda não se chamava assim) do Velho na parede da varanda, sendo entrevistado pelo homem da Central, terno de linho branco, gravata, oclinhos sem aro:

– Então, meu filho, você é Getúlio ou Brigadeiro?

E eu, cheio de malandragem, cantei a marchinha do Rádio:

– "O Brasil tem muito doutor / Muito funcionário, muita professora / Se eu fosse o Getúlio mandava / Metade dessa gente pra lavoura...".

Fiz o maior sucesso!

Quatro anos depois desse sucesso e da memorável peixada, estou eu na Visconde de Mauá, na aula de Matemática, sem entender chongas daquelas equações do primeiro grau com duas incógnitas, daqueles binômios, daqueles $b2 - 4ac$. Aí, entra o Bianor e cochicha alguma coisa no ouvido do professor Verdini, impecável em seu alvo guarda-pó e seus óculos ray-ban.

As aulas foram suspensas. "O Grande Presidente, o estadista, o realizador" – como escreveu logo depois meu compadre Padeirinho – tinha se matado com um balaço no peito e entregue à sanha dos nossos inimigos o legado do seu sangue. A gente saiu cabisbaixo, mas na estação de Marechal aquele feriado inesperado já tinha virado uma grande farra.

A ressaca, entretanto, veio logo no ano seguinte. As aulas de "cultura técnica", profissionalizantes, foram esvaziadas. O ensino em horário integral acabou. A banda de música desafinou. Acabaram as aulas de Canto Orfeônico. O currículo se voltou, mal, para o beletrismo das Humanidades. A comida do restaurante foi ficando ruim. E isso ao mesmo tempo em que, cá fora, acabavam o Serviço de Assistência Médica Domiciliar de Urgência, com aquelas ambulâncias públicas que iam consultar e até buscar o doente em casa. Acabava o SAPS. Acabava uma época. Verde-amarela de esperança.

O sorriso do Velhinho (que não se confundia com o do ditador do Estado Novo), apagado no dia 24 de agosto de 1954, fazia, mesmo, a gente se animar...

O JINGLE E O SAMBA

Na mão inversa de muitos criadores do gênero que, por brilharem como autores de música popular, foram chamados ao pódio das agências de propaganda, eu fui antes 'jinglista' para só depois me tornar compositor gravado e razoavelmente conhecido.

Minha chegada à primeira produtora – e a primeira a gente nunca esquece – foi absolutamente por acaso, como escrevinhador de textos. Ganhava pouco, mas era divertido, num ambiente romântico e extremamente musical. Até que um dia me perguntaram se eu era capaz de escrever uma letra.

Os versos já me frequentavam, e eu a eles, desde os tempos do ginásio. Tempos de muito Bilac, Raimundo Correia, Alberto de Oliveira (Cruz e Souza ainda era complicado), tudo alexandrinamente escandido e acentuado. E versos cantados era o que mais eu ouvia, tanto no meu quintal suburbano, onde era frequente a presença de grandes seresteiros, quanto no terreiro acadêmico do meu amado Salgueiro, cuja ala de poetas mais tarde me recebeu. Então, o desafio foi vencido, com ampla vantagem, pois a melodia chegou bonito, juntinho com a letra encomendada.

A partir daí, e até chegar aos dias de hoje, muito jingle rolou estúdios adentro. Cheguei até a interpretar alguns deles. E até mesmo a aparecer na TV, por vários meses seguidos, cantando e sambando as excelências de um supermercado, "lugar onde o barato faz(ia) ponto".

Então, nunca tive, como muita gente que conheço, vergonha de fazer jingle, essa arte de cantar o consumo. Meu negócio é a palavra e pelos carinhos dela, minha cabrocha, eu vou até o Irajá. Que me importa que a mula manque! Por ela, já escrevi e publiquei até um dicionário! Através dela, com muito carinho e muita honra, tenho escrito letras para grandes músicos como o virtuose Guinga e o genial maestro Moacir Santos.

É claro que já me recusei a musicar campanhas racistas, excludentes e coisas que tais. Mas quantas vezes, também, me emocionei ao falar de um ou dois políticos (raríssimos) com cujas ideias eu me identificava.

No jingle, o que me incomoda é ter de sacrificar uma boa sacada, uma boa rima, a métrica caprichada, o enjambement da pesada, por causa do perfil do consumidor ou da autoridade, nem sempre incontestável, dos criadores da campanha. Isso é que incomoda! Como também chateia essa falsa ideia de que samba só serve para cantar cerveja, cachaça, trem suburbano, alisante de cabelo, cigarro mata-rato e produtos de limpeza.

A propaganda brasileira precisa entender que o gênero--mãe da música popular brasileira também frequenta as boas famílias, da Gávea ao Morumbi, do Cosme Velho aos Jardins. E estão aí os Buarque de Holanda, os Jobim, os Hime, os Vergueiro, os Byington etc. que não me deixam mentir.

A propaganda brasileira precisa também perceber que o Brasil está mudando. Que "essa gente bronzeada" aqui – como exaustivamente demonstrou o mestre José Roberto Whitaker Penteado – já mostra seu valor também na hora do consumo. E que, nos rádios de seus carros e em seus CD players e DVDs ouve-se de tudo. Inclusive samba.

MESTRE ZUENIR, NÓS E SHAKESPEARE NO "PAGODE" LITERÁRIO

Chega-nos, através do Compadre Celso Pavão, informação sobre a referência ao nosso nome em um livro ("Minhas histórias dos outros") do grande jornalista Zuenir Ventura, o qual ainda não tive a ventura de conhecer pessoalmente. Ele fala de um "pagode" inusitado de que participamos, num palacete cheio de livros, na encosta do Corcovado, ali pelos lados do Humaitá, nos anos 1980. Escreveu Mestre Zu:

"Celso Cunha, de quem eu, ainda estudante, seria assistente na cadeira de Língua Portuguesa do curso de jornalismo da própria FNFi, era tudo que o saber universitário conhecia dele no Brasil e em Portugal – grande medievalista, extraordinário filólogo, doutor em cancioneiros medievais – mas também um boêmio que gostava de trocar o dia pela noite em alegres libações etílicas. Amigo de compositores populares, foi ele quem intercedeu junto ao Itamaraty para que Ataulfo Alves e suas pastoras se apresentassem pela primeira vez na Europa.

Quando em 1982 completou 65 anos, um grupo de sambistas liderados por Wilson Moreira e Nei Lopes organizou 'O pagode do Celso' em sua casa. Foi o melhor presente que recebeu. Ao ouvir Nei cantar o samba que dizia 'Ainda é madrugada / Deixa clarear / Deixa o sol vir dourar os cabelos da aurora', Celso não se conteve: 'Meus filhos, isso aí é a cena de balcão de Shakespeare'".

* * *

O fato é que – Mestre Zu não sabe – a letra foi escrita, mesmo, à vera, em cima da famosa "cena do balcão" do velho Shakespeare, a qual, de tão manjada, já foi encenada até por Oscarito e Grande Otelo numa chanchada da Atlântida. E o samba, "Deixa Clarear", modéstia à parte muito bonito, foi gravado pela saudosa Clara Nunes. Quanto ao "pagode" armado pelo professor João Baptista Vargens, biógrafo do Candeia, tinha acepipes, vinhos finos e até "libreto" para a plateia de professores de Literatura acompanhar as letras incrementadas dos dois sambistas, Portela e Salgueiro, botando pra jambrar.

Muito pouca gente sabe que eu tenho um dobrado, uma marcha militar de minha autoria, no repertório da Banda do Corpo de Bombeiros do Rio de Janeiro. Trata-se de uma obra razoável, valorizada por um magistral arranjo do magistral saxofonista Macaé, chama-se "Coronel Dorcelino" e foi assim intitulada para homenagear um amigo.

Menos gente ainda sabe que eu já recebi um diploma "pelos relevantes serviços prestados à Corporação". E muito menos conhece um samba-enredo dos Aprendizes de Lucas, acho que de 1958, que dizia assim:

"No tempo imperial surgiu / essa briosa corporação / exemplo edificante / de bravura sem igual / que sob o alvirrubro pendão / cumpre a sua sagrada missão / de contra as chamas dantescas lutar / e vidas e riquezas alheias salvar...".

Pois essa frase final da primeira parte da letra é exatamente a tradução do dístico em latim lá em cima, lema da "briosa corporação".

Saiba o leitor que a grande escola de samba Aprendizes de Lucas, verde e branca, fundiu-se em 1968 com a Unidos da Capela, branca e azul, para dar origem à Unidos de Lucas, vermelho e ouro. Isto, num tempo em que bateria (e a da Capela era demais!) não precisava de "madrinha" nem de "musa" pra incendiar a avenida. E calendário, mesmo, era o da Pirelli, que nos anos 1960 teve uma edição inteiramente dedicada ao samba. Quem se lembra?

Ah, ia me esquecendo! O samba terminava assim, ó:

"Corpo de Bombeiros / Símbolo de abnegação / Valentes soldados do fogo / Lutam com as forças do coração / Seus feitos estão gravados na história: / Ação, audácia e glória! / Larararará... larararararará".

HAVANA, HAVANA, HAVANA...

Voltando de Havana, onde estivemos oito dias, chegamos aqui e encontramos o Lote conflagrado. Lástima! Quanta conversa jogada fora, em nome da liberdade de expressão! Quanta laranja podrinha, quanto limão azedo pelo chão!

Mas, como diz nossa neta Larissa, irmã do Neinho, vamos falar de coisas agradáveis:

Voltamos de Havana, onde fomos pela terceira vez, para gozar da companhia daqueles "parentes" tão semelhantes a nós, para bailar ao som dos tambores batá num *güemillere* da pesada, para beber rum depois do *almuerzo* e fumar uns *puros*.

Fomos para saudar nossos orixás e correr os mercados populares, sentindo a exemplar dificuldade de se comprar um simples tubo de pasta de dente e assim condenar o desperdício que rola por aqui. Fomos para sentir os efeitos do bloqueio e também para ver, *sin embargo*, que, como disse alguém, dos milhões de crianças abandonadas que há hoje pelas ruas do mundo, nenhuma é cubana.

Fomos para conviver com um povo pobre, mas altivo e intelectualizado, que é capaz de rir às gargalhadas, na sacanagem, sem, *por supuesto*, ficar dizendo ou escrevendo abobrinhas (*calabacitas?*), porque ninguém lá é analfabeto. Um povo que é ruim com a bola no pé, mas é catedrático no taco de beisebol e no xadrês, cujas estratégias são ensinadas até pela televisão.

Fomos para ouvir, de novo, a extremamente rica diversidade musical que define a identidade afromestiça do povo cubano: pois a diferença entre uma *guaracha* e o que a indústria multinacional chama de "salsa", Compay, é da água pro *rum añejo*!

Voltamos felizes, apesar de constatar as dificuldades! Felizes de ver como está bonita a Habana Vieja, o bairro histórico, com as obras de restauração. Felizes de beber da Bucanero Max, cerveja com gosto de cerveja; e da crua, servida à mesa, geladinha, em proveta de 5 litros, com serpentina e torneirinha. De ver como anda a assistência à infância e à velhice. De comer bastante *mariquitas, maripositas, moros y cristianos, congris*, bananas, bananas, bananas... E de apreciar as iaôs bonitinhas, às centenas, pelas ruas, todas de branco, inclusive chapéus de abas largas e sombrinhas, cumprindo seu período de retiro espiritual sem reclusão. Mas muito, muito diferentes das *gineteras* criadas e nutridas pelo perverso, digamos, "braço sexual" da indústria turística.

Entonces, foi muito bom voltar a San Cristóbal de Havana, com as bênçãos da Vírgen de La Caridad de El Cobre.

Ah! Íamos esquecendo: *El Comandante* passa bem, manda lembranças e diz que no dia 2 de dezembro (aqui, Dia do Samba) é que vai comemorar seu aniversário, com um tremendo desfile (militar, é claro!) pela Calle 23.

ESTO ES LA COSA
(Da série "Reflexões às vésperas dos 65 anos")

Em 1972, pelas mãos de Reginaldo Bessa, o Velhote do Lote (que ainda não era coroa nem tinha sequer um palmo de terra pra plantar suas carambolas) estreava como compositor profissional. A cantora, já razoavelmente conhecida e admirada no ambiente das boates, fazia seu primeiro disco de carreira, um compacto simples pela gravadora Phillips. E a música, nossa e do Bessa, era um sambinha sugestivo, sonoroso, carinhoso, mas meio ingênuo, falando de "axé", "mandinga", "figa de guiné", "Bahia", essas coisas de preto.
Só que eu e Reginaldo éramos, como somos até hoje, em termos de pigmentação, apenas beges. Mas a cantora, não! Ela era "A Marrom", com "A" de Alcione e "M" de Maranhão. Então, deu o maior pé.
Em 35 anos de amizade e admiração, mesmo sem sermos vizinhos ou nos frequentarmos, encontrando-nos (menos do que gostaríamos) apenas nos ambientes de nossa profissão, foram 23 títulos gravados, fora as regravações, como as quatro ou cinco do samba "Gostoso Veneno". Assim, os leitores do Lote não podem imaginar nossa alegria quando, no último dia 3, nos encontramos, a convite dela, no estúdio Mega, no

Humaitá, para registrar fotograficamente a gravação das bases da gravação de nosso "Laguidibá".

Lá estávamos este Idoso mais os dois jovens parceiros Magnú Souzá (diretamente dos anos 70, com seu impactante cabelo black-power) e seu irmão Maurílio de Oliveira, os quais constituem a parte – digamos assim – menos clara do Quinteto em Branco e Preto, glória do samba da Paulicéia.

Que bom que foi esse encontro, meus amigos! Como nos fez bem! Chegar aos 65 com a certeza de amizades assim, e ainda poder tomar, com Maurílio e Magnú, uns dois ou três chopinhos à tarde, em Botafogo, olhando o Pão de Açúcar... *esto es la cosa*, como dizem os nossos gurus cubanos.

UMA HISTÓRIA DE IFÁ

Em 1991, o Velhote aqui, trabalhando na extinta Secretaria Extraordinária de Defesa das Populações Afro-brasileiras, do segundo governo Brizola, recebeu a missão de ajudar a trazer para o Brasil um "camerógrafo" da TV cubana. Dito profissional pretendia fazer, segundo informado, um documentário comparativo sobre as religiões africanas aqui e em seu país. E tinha como credencial o fato de ser babalaô, cargo da hierarquia sacerdotal iorubana então praticamente desaparecido em terras brasileiras.

O babalaô, nós sabíamos na teoria, é o intérprete do oráculo chamado Ifá, no qual fala Orumilá, o grande orixá iorubano do saber, do conhecimento e da escrita, através de 16 signos principais que se combinam para formar 256, os quais, em novas combinações, chegam enfim a 4.096 signos (pura matemática!) ou mais, cada um deles expressos em milhares de parábolas educativas, mostrando ao consulente o passado que gerou o presente e as formas de assegurar as benesses ou afastar os infortúnios futuros. Então, "el hombre" era de fato importante. Porque, para ser babalaô é preciso muito estudo, com dedicação integral e exclusiva, sendo tudo o mais absolutamente secundário.

Então, papel daqui, papel de lá, a mãozinha de um, a influência de outro, ele chegou. E qual não foi nossa surpresa ao ver que se tratava de um jovem negão grandão, pinta de jogador de beisebol, cheio de charme, que uma reportagem do escandaloso O Dia logo rotulou, em manchete, como "o pai-de-santo de Fidel Castro".

O documentário não saiu. Mas Rafael Zamora – este é o nome da personagem – ficou no Brasil, disseminando seu conhecimento e restabelecendo, de verdade, o culto de Orumilá e seu oráculo Ifá em nosso país. Culto esse hoje responsável por grandes transformações na vida de muita gente, inclusive deste Velhote que ora lhes escreve, de um Lote que hoje só existe, floresce e prospera graças ao que Orula (como chamamos carinhosamente o grande Orixá) nos recomendou através de Zamora. Pois foi daí que fomos a Havana, onde através do músico e amigo Zero, hoje também babalaô, conhecemos Ño Wilfredo Nelson, "el comandante" do batalhão ao qual servimos como humilde soldado, e já há quase 10 anos também morando e trabalhando no Rio.

Este papo vem a propósito da bela reportagem com Zamora, publicada domingo, 3 de junho, na revista O Globo. Nela, ilustrada com uma tremenda foto, o babalaô e amigo fala inclusive da recuperação física de Fidel Castro, sem dúvida com a intervenção de Ifá. E fala de várias outras coisas, com o desembaraço e a firmeza que o caracterizam.

Bom ver coisas assim nas revistas dominicais! Prova de que os desígnios lá de Cima (ou lá de Baixo) são sempre certos, embora às vezes percorrendo caminhos tortuosos. Que a experiência de Zamora, que passou por poucas e boas até chegar onde está, sirva de exemplo à rapaziada que anda batendo cabeça por aí, dando mais importância ao que não importa do que ao que realmente interessa.

Parabéns, Zamora! Iboruboya, Ogundá Kete!

MALANDROS MANEIROS

DONGA, UM RETRATO AMPLIADO

A partir dos anos de 1870, na região que se estendia da antiga Praça Onze de Junho até as proximidades da atual Praça Mauá, compreendendo as antigas freguesias e localidades de Cidade Nova, Santana, Santo Cristo, Saúde e Gamboa constituía-se o núcleo principal da comunidade baiana na cidade do Rio de Janeiro, antiga capital do Império e mais tarde da República. Polo concentrador de múltiplas expressões da cultura afro-brasileira, da religião à música, a região tinha como centro a "Pequena África" (expressão usada pelo escritor Roberto Moura, baseado numa afirmação do artista Heitor dos Prazeres, segundo a qual a Praça Onze seria "uma África em miniatura"), berço onde se gerou o samba em sua original forma urbana.

Também na região foi que se estabeleceram os primeiros candomblés jeje-nagôs em terras fluminenses. Assim é que, em 1886, a importante ialorixá baiana Mãe Aninha fundava um terreiro na Saúde para em 1925 voltar e iniciar sua primeira filha de santo carioca no Santo Cristo. Por essa época, também, o famoso babalaô Felisberto Sowzer, o Benzinho, fundava sua casa na rua Marquês de Sapucaí, próximo às casas de Cipriano Abedé, na rua João Caetano e João Alabá, na rua Barão de São Félix. Além disso, pesquisas recentes revelaram, no seio desse grupo, resquícios de práticas negro-islâmicas sobreviventes à grande repressão que se seguiu à grande Revolta dos Malês, ocorrida em Salvador em 1835.

O estabelecimento dessa comunidade no Rio traduz-se, também, na divulgação, fora de seu âmbito, de produtos como a culinária de origem africana, a qual, em 1881 já era oferecida em restaurantes como o Bahiano, que servia vatapá de garoupa, moqueca de peixe, angu de mocotó e cuscuz de tapioca. E seu próprio âmbito se estendia além dos limites acima traçados, com membros residindo muitas vezes alguns quilômetros além, como foi o caso de Tia Amélia do Aragão.

Membro atuante da comunidade baiana, Amélia Silvana de Araújo morou primeiro na rua Teodoro da Silva, em Vila Isabel (já assim denominada em 1878, em homenagem ao autor da proposta legislativa que resultou na Lei do Ventre Livre, o político e magistrado Teodoro Machado Freire Pereira da Silva) e depois na rua do Aragão, no Andaraí Pequeno, próximo à Fábrica das Chitas, nas cercanias da atual Praça Saens Pena. Na Teodoro, no número 44, foi que Amélia deu à luz seu filho Donga, em 5 de abril de 1889, um pleno sábado de aleluia.

Nascido nessa alegre circunstância, e numa casa baiana onde se realizavam grandes reuniões de samba – sua mãe, segundo ele, foi uma das pessoas que introduziram o samba baiano no Rio – Ernesto Maria Joaquim dos Santos, o Donga, era provavelmente um filho de Oxum. Ciumento, lutador vigoroso pelo sucesso, emotivo, inspirado e sensível, um filho de Oxum assim nascido tem sempre grandes chances de ser um músico de sucesso. E assim foi.

Bem cedo, levado por sua mãe, começa ele a frequentar a "Pequena África" e a conviver com figuras de nomes tão sonoramente simbólicos quanto evocativos de sua importância histórica: Tia Sadata, Miguel Pequeno, Amélia Quindúndi, Tia Bebiana, Tia Presciliana, Rosa Olé, Bambala, Hilário Jovino e Tia Ciata. E aos dezesseis anos já está ele às voltas com o cavaquinho, para logo depois estudar violão com o célebre Quincas Laranjeira, autor de um método inovador.

Vivia-se, entretanto, no Brasil, pelos primeiros anos do século 20, um clima absolutamente desfavorável a qualquer expressão cultural emanada do povo negro. Menos de duas décadas tinham-se passado da extinção legal do trabalho escravo e a sociedade brasileira procurava, de todos os modos, apagar a "mancha africana". Assim, em termos musicais, ao tempo das chapas de gramofone, que eram os primitivos suportes fonográficos, gravavam-se polcas, valsas, modinhas, maxixes, lundus etc. Mas o samba propriamente dito (e o termo "samba" designava qualquer batuque de negros) tinha interesse apenas etnográfico, sem qualquer possibilidade mercadológica.

À parte, então, esse particular interesse etnográfico, do ponto de vista mais geral, o samba era prática marginal, desclassificada. Era a música dos libertados, porém deserdados pela Abolição, dos desordeiros, dos capadócios, da malta enfim. E por isso era reprimido pela ordem constituída, num estado de coisas que, menos ou mais brandamente, veio até a década de 1930. "Os sambistas, cercados em suas próprias residências pela polícia, eram levados para o distrito e tinham seus violões confiscados" – contava Donga ao escritor Muniz Sodré, conforme transcrito no livro *Samba, o dono do corpo* (Rio, Codecri, 1979).

Segundo Donga – bem falante e articulado, conforme Sodré –, no governo de Rodrigues Alves (1902 - 1906) as funções de delegado de polícia, antes exercidas por "beleguins" que compravam patentes da Guarda Nacional, passaram a ser exercidas por bacharéis em Direito, o que deu início a um certo abrandamento das perseguições a sambistas. Mas em

1908, seu amigo e companheiro João da Baiana ainda tinha o pandeiro confiscado pela polícia, tendo que, então, recorrer ao todo-poderoso senador Pinheiro Machado, que lhe teria dado um instrumento novo e com dedicatória numa espécie de salvo-conduto.

Foi nesse quadro que Donga, já respeitado como violonista e compositor, à frente de outros músicos negros, resolveu "introduzir o samba na sociedade", numa ação iniciada em 1916, com o registro autoral, na repartição competente, de "Pelo telefone", historicamente a primeira obra do gênero samba a receber estatuto legal.

O grande mérito de Donga, então, além do inegável valor artístico – como compositor e como exímio executante de violão – foi o de, motivado pelo advento da indústria fonográfica e visando à ampliação das possibilidades de uma música antes restrita a um ambiente específico, o do seu povo negro, ter dado ao samba o status indiscutível de gênero musical brasileiro, o que o governo de Getúlio Vargas, na década de 1930, viria convalidar.

Mas essa é apenas uma breve introdução justificativa à grande biografia que minha querida amiga Lygia Santos, pesquisadora dedicada, testemunha ocular e filha orgulhosa, começou a escrever, de dentro, conjugando rigor acadêmico a conhecimento de causa, apoiada não só em farta bibliografia como em documentos pessoais, para legar à posteridade o retrato ampliado do grande arquiteto da música popular brasileira que foi seu pai, Ernesto Maria Joaquim dos Santos, o Donga.

SEU HILÁRIO, HMMM...
NÃO FOI MOLE, NÃO!

Acabamos de obter, através da mais recente edição da revista Carioquice, publicada pelo Instituto Cravo Albin, uma informação surpreendente. Vem do trabalho do arquiteto e historiador Nireu Cavalcanti, especialista em coisas do Rio Antigo, e é sobre Hilário Jovino Ferreira, um dos "fundadores" do carnaval popular carioca.

Hilário, como aprendemos, nasceu em Pernambuco, viveu na Bahia e destacou-se por ser o criador do primeiro rancho carnavalesco carioca, tendo dividido, durante algum tempo, a liderança da comunidade baiana da "Pequena África" com a legendária Tia Ciata.

O "Tenente Hilário", como referido inclusive pela crônica carnavalesca da época, foi integrante da Guarda Nacional, daí seu título. E teria morrido em 1933, com mais de 75 anos.

Agora, entretanto, através de pesquisas realizadas pelo professor Cavalcanti no Arquivo Nacional, vêm à tona algumas interessantes informações sobre ele:

Que em 1902 morava no número 16 da Travessa das Partilhas (atual rua Costa Ferreira, a rua do "Estúdio Havaí", transversal à Senador Pompeu, na região da Central do Brasil) e pagava também o aluguel de uma moradia na rua Barão de São Félix nº 157 – o terreiro do famoso pai-de-santo João Alabá era no nº 174.

Que, por Hilário dever vários meses do aluguel desse imóvel, no dia 15 de setembro de 1902, o procurador do proprietário, indo cobrar a dívida, foi recebido pelo locatário empunhando um revólver. Que, então, vindo um soldado do Exército desarmar o "tenente", foi por ele ferido na mão, o que custou a Hilário prisão em flagrante e enquadramento nos artigos 303 e 307 do Código penal da época. E que, finalmente, na ocasião, o famoso carnavalesco declarou ter 29 anos.

Quase vinte anos depois, em 1921, as pesquisas do Doutor Nireu Cavalcanti vão encontrar nossa personagem envolvida, como réu, em outra ação de despejo, desta vez tendo como objeto a residência de nº 85 da rua Nabuco de Freitas, no sopé do Morro do Pinto, no Santo Cristo. E em 1928, novo despejo, agora numa casa de vila no Catete.

De posse desses dados, o pesquisador chegou a conclusões importantes. Primeiro que, com essa folha corrida, por mais que fosse desmoralizada a Guarda Nacional, nosso querido Hilário Jovino não poderia integrá-la, ainda mais no posto de tenente. Segundo é que, se ele tinha realmente 29 anos em 1902, não poderia ter chegado ao Rio em 1872, e muito menos fundado logo um rancho, como declarou em célebre entrevista ao saudoso cronista Jota Efegê.

O único episódio ainda não contestado da saga de Hilário Jovino no Rio é aquela deliciosa história narrada pelo velho Donga no Museu da Imagem e do Som: que Hilário roubou a mulher do Seu Miguel Pequeno, que era uma espécie de "cônsul" da comunidade baiana do Rio naquela época, provocando uma grande confusão. Essa senhora, mulata baiana para 500 talheres, segundo seus contemporâneos, e chamada Amélia Quindúndi, talvez fosse a verdadeira moradora da casa da Barão de São Félix 157...

Seu Hilário, pai de um montão de filhos, como um bocado daqueles pioneiros do samba e do carnaval, não era mole não! Fazia amor e fazia guerra! Deus o guarde!

XANGÔ, UMA TREMENDA HONRA

Depois do "maravilhoso" – adjetivo que, na boca do time do Lugar Comum Futebol Clube, substituiu o "genial" e matou todos os outros qualificativos de excelência (formidável, fantástico, fenomenal etc.) –, surge nas paradas uma nova frase feita. "É uma honra!", diz agora o time do LCFC a torto e a direito.

Pois eu hoje resolvi dar uma força pra essa equipe, dizendo que "foi uma honra" escrever as 30 laudas de texto que contextualizam e completam os depoimentos do livro "Xangô da Mangueira, recordações de um velho batuqueiro". Sempre admirei muito "Seu Olivério". E aí aproveitei a oportunidade pra falar de cenários e coadjuvantes de sua admirável trajetória no samba e na vida.

Na parte referente ao trabalho de Xangô na Riotur, por exemplo, falei do Terreirão do Samba e do Cazuza da Mangueira. E o gancho foi a citação de uma descrição de Hiram Araújo do antigo ambiente da concentração, no desfile principal. Assim:

"Prossegue o texto contando o que de ordinário ocorria entre os componentes, na concentração. Mas não relata a obrigatória passagem, antes desse momento, pelas barracas armadas nas proximidades da pista, tanto na Candelária e na Presidente Vargas, quanto na Rio Branco (onde em 1962 pela primeira vez foram cobrados ingressos) e na avenida Presidente Antônio Carlos (por onde as escolas também passaram nos anos 70), para a cerveja, o tira-gosto, o namoro, o pagode, a confraternização – esse, segundo boa parte dos sambistas veteranos, o melhor momento da festa. Com a ida da grande parada do samba para a Marquês de Sapucaí, o ponto de excelência desse momento passou a ser a 'Barraca do Cazuza'.

"Adesman Lemos Souza, o 'Mestre Cazuza da Mangueira' era componente da Ala dos Periquitos, a mais antiga da verde e rosa. Festeiro, devoto de São Jorge e figura extremamente simpática e comunicativa, fez de sua barraca – na verdade um enorme barracão, com mesa comprida e bancos de madeira – um local de encontro obrigatório antes e principalmente depois do desfile. O autor destas linhas, inclusive, tem a grata lembrança de vários pagodes pós-desfiles, reunindo compositores de várias escolas, no famoso e acolhedor 'estabelecimento' do velho Cazuza, cujo nome hoje, numa justa homenagem, é lembrado em um dos camarotes da confortável sede mangueirense.

"A Barraca do Cazuza, com seus pagodes e suas atrações espontâneas, foi a semente do Terreirão do Samba, hoje quase um anexo do 'sambódromo', na Presidente Vargas".

* * *

No embalo dessa lembrança, recordo o carnaval de 1975 ("As Minas do Rei Salomão"), em que eu e uma turma de salgueirenses comemoramos na Barraca do Cazuza, antecipadamente, a vitória de nossas cores, que efetivamente se concretizou. Incentivados por "Sua Majestade, a Cerva, Primeira e Única", fizemos e cantamos um sambinha safado, que dizia assim (tirem as crianças da sala, por favor!): "Rei Salomão entubou

Jorge de Lima / Ferveu Zaquia Jorge / E botou na boina do Macunaíma, / Olha o Rei Salomão!".

Nessa letra, aqui transcrita eufemisticamente, é claro, lembrávamos os enredos adversários, de Mangueira, Império e Portela. Arroubos de juventude! As coirmãs que me desculpem! E Xangô, a quem devo a honra do livro e da amizade, que me proteja!

EU E MONSUETO

As três mais fortes imagens que tenho de Monsueto remontam ao ano de 1963. Na primeira, no edifício Marquês do Herval, na avenida Rio Branco, num sábado à tarde. Eu me dirigia para uma reunião clandestina, no escritório de um deputado do PCB, quando ouvi um familiar olor de comida e uma batucadinha que me fizeram sentir em casa e quase me tiraram do caminho politicamente correto. Mais tarde, vim a saber que o aroma e o ritmo vinham do apê do Monsu.

Na segunda, em plena concentração do Salgueiro na Candelária, a gente se preparando para arrebentar a boca do balão e ser campeões pela primeira vez, com Chica da Silva, me chega aquele negão, andando com dificuldade por causa dos "esporões" (não tem mais?) que antigamente castigavam a sola dos pés dos pretos velhos. Já meio enzinabrado, Monsueto, com propósitos inimagináveis, perguntava: "Cadê Zélia Hoffmann?" E essa Zélia era uma bela figura de mulher, misto de estrela de TV e dona da cantina Fiorentina no Leme, que endoidava a rapaziada naquele tempo (a propósito, cadê Zélia Hoffmann?).

Na terceira, Monsueto foi, de Copacabana, ao Irajá, levado pelo meu cunhado Moacir, que era seu amigo e sósia, para batizar o Bloco do Rascunho, agremiação carnavalesca criada em 1969 pela minha família. Chegou lá e fez um samba na hora, homenageando o bloco.

Musicalmente, o que me ficou do grande Monsueto Menezes, além dos clássicos "Me Deixa em Paz" e "A Fonte Secou", este em parceria com meu saudoso amigo Tuffic "Raul Moreno" Lauar – baluarte que o Salgueiro esqueceu –, foram criações absolutamente originais como o samba "Lamento das Lavadeiras" e um outro falando de um certo Antônio Jó que levou um pão para casa, para dar de comer a vários filhos e todos queriam comer, do pão, apenas o bico, que era mais gostoso.

TANTINHO E A "PUJANÇA DA NATURA"

Em 1955, no desfile da Presidente Vargas, a Estação Primeira cantava a natureza, num belo e clássico samba do sorridente Nelson Sargento em parceria com seu padrasto Alfredo Português e uma mãozinha do Jamelão. Samba esse que a certa altura dizia assim: "Outono, estação singela e pura / é a pujança da natura / dando frutos em profusão...". Mais de cinquenta anos depois, chega às boas livrarias, charutarias e cafés elegantes (às lojas de discos "é ruim" de chegar) o maravilhoso cântico à verde-rosa – essa árvore frondosa cujos frutos todos são aproveitados, esse jequitibá do samba – organizado pelo grande cantor, compositor e improvisador Tantinho da Mangueira.

Trata-se de um CD duplo com 32 faixas garimpadas entre mais de cento e tantos sambas por essa figura ímpar que é o meu amigo Devanir Ferreira (seu nome no babilaque), que não esperou o devenir e foi fazendo, por sua conta.

Conta a lenda que Tantinho, ele mesmo, fez um panelão de angu à baiana e sentou embaixo do viaduto da Mangueira com um gravador. Aí, a cada um que entrava na fila pro rango, ele exigia 1 kg de sambas não-perecíveis, alimento da alma. E aí armou essa espécie de bolsa-família ao contrário – porque, no caso, os beneficiados somos nós, seu grande público.

Fisicamente, Tantinho é uma versão compactada do Wilson Moreira (se fosse um *soul brother*, *rapper* ou *hip-hoper*, seu nome artístico poderia ser Compact Wilson). E a semelhança se estende também ao talento, ao caráter, à doçura – qualidades moldadas "na braba", na favela, na escola da malandragem, mas também na escola profissionalizante, onde desenvolveu o espírito nato e a criatividade de artífice, artesão e produtor de cultura.

"Tantinho, Memória em Verde e Rosa" é uma compilação que já nasce antológica. De 32 sambas que representam o puro suco do terreiro da Manga. Frutos perfumados, com a pujança do patrocínio da Natura, a dos cosméticos, a qual, graças à Lei Rouanet bancou o sonho ousado do neguinho do velho bloco Olha Essa Língua, rival do Chuca-Chuca, brabeza do Esqueleto. Que é compositor desde sempre e não "bissexto", como disse um repórter. "Bissexto" como? Nos CDs, Tantinho assina 5 faixas, com ou sem parceiros. E cria versos para sambas só de primeira. Como tem criado sempre. Com ou sem a pujança da Natura.

UM CERTO SENHOR ALCIDES
(Da série "Os que fizeram minha cabeça")

Hoje em dia ninguém mais bota num filho o nome "Alcides". Mesmo quando se sabe que Alcides, variante de Alceu, vem do grego e quer dizer "forte", "vigoroso". Mas se a gente grande soubesse, certamente haveria muito menos Wellersons, Maicons ou Harrisonlenons e muito mais Alcides por aí.

Mas esse papo de cerca-lourenço é pra contar uma bela história. Que começa num dia de São Jorge, no finalzinho dos anos 1960, em Vista Alegre, na casa do grande festeiro Geraldo Careca – um casarão que ficou muito tempo inacabado, numa rua então esburacada e deserta, lá no alto, mas que foi palco de memoráveis pagodes. E palco mesmo, porque, naquela tarde – dia de semana e os devotos todos lá, a cerva rolando aos baldes –, depois da "parte espiritual" (lembra, compadre Celso?) e da comidaria nordestina preparada pela saudosa pernambucana Tia Veva, mãe do anfitrião, este, ao pé da escada que dava para a laje, anunciava o início do show.

Palmas e tal, sob os acordes dos violões de Carlão Elegante e Everaldo Cruz (mais tarde também meus parceiros), o cavaquinho do Jones do Cartório, além das ricas percussões de Baianinho da Cuíca e Samuel, eis que, uniformemente vestidos, nas cores rubro-amarelas dos Unidos de Lucas, vêm descendo a escada e cantando bonito o seu prefixo, de autoria de Délcio Carvalho, os integrantes do grande conjunto Lá Vai Samba. Mais palmas, vibração, delírio, Carlão anuncia: "E agora, então, com vocês...".

Só pelo jeito teatralmente correto do cara descer a escada, já cantando também, a gente já sacou que se tratava de um grande artista. Que já cantava no Opinião, no Belvedere do Méier e em bocadas da zona sul, como nas boates Sucata, Degrau, Colt 45 e Cassino Royale.

Nascia ali minha amizade e minha grande admiração pelo cidadão Alcides Aluízio Machado, sambista da noite e, de dia, funcionário exemplar do Tribunal Marítimo. Amizade que, no início, era coisa de padrinho pra afilhado, ele me apresentando como "grande promessa", na roda do Clube Marabu, na Piedade, e eu, embrameado de emoção, esquecendo a letra do meu próprio samba e ganhando um merecido esculacho do mais velho. E que hoje é parceria de compadres, carinhosa, embora não tão próxima e constante como ambos gostaríamos.

Aluízio Machado, mais tarde eu soube, nasceu em Campos dos Goitacazes, em 1939, mas veio para o Rio ainda menino. Tanto que já aos 14 anos "saía" no Império Serrano, de onde foi, mais tarde, para a Imperatriz, sair como passista e mestre-sala.

Mas a escola de Ramos foi apenas uma rápida "pulada de cerca", um "sarro" por cima da roupa, como foi, aí um pouquinho mais séria, sua relação com a Vila Isabel, nos anos 1970 – época em que era anunciado como o "Vice-Rei da Vila", já que o Rei, de fato e de direito, todos nós sabíamos e sabemos quem era e ainda é.

Acontece que o Império tocou "reunir". E aí eis o filho pródigo de volta para, na Ala de Compositores, cumprir uma trajetória fulgurante. Tanto que, de 1980 a 1990, dos onze sambas com que a escola desfilou, só quatro não levaram sua assinatura. E, de lá pra cá, foram mais outros tantos.

E tudo começou com o antológico "Bumbum Praticumbum Prugurundum", em 1982, em parceria com o indescritível Beto Sem Braço, numa ligação que vinha lá da Vila. Ligação estreita essa! Que deu ensejo, inclusive, a um dos versos mais geniais da história do partido-alto, que vai aqui reproduzido de memória:

"Sou Aluízio Machado / Comigo não tem embaraço / Eu sou com todo o respeito / O braço direito do Beto Sem Braço".

Entretanto, este é o Aluízio que todo mundo lembra e gosta. Porque tem um outro, que os militares de 1968 detestavam. Pois, embora "sambista de morro", futucava o "Brasil, ame-o ou deixe-o" com versos assim:

"Não eu não saio daqui / Pois aqui é meu torrão / (...) Aqui minha mãe me pariu / Minha mãe pariu meu irmão...".

Ou assim:

"Quem tem muito quer ter mais / Quem não tem resta sonhar / Quem não estudou é escravo / De quem pode estudar / Os direitos humanos são iguais / Mas existem as classes sociais / Eu não sou de guerra quero paz / Quero trabalhar pra poder ter / É tendo que a gente pode dar / Eu quero ser livre e liberar...".

Viram só? Quem é que disse que a vanguarda do protesto na música popular brasileira foi do roquenrol? E mesmo "protestando", o nosso Aluízio ainda acabou vencedor do programa "A Grande Chance" do udenista Flávio Cavalcanti, em 1974, na TV Tupi, de onde, indiferente aos cães de fila, seguiu em frente, com o currículo cada vez mais enriquecido.

Em 1981, no LP "Na fonte", Beth Carvalho inclui "Escasseia", música sua em parceria com Beto Sem Braço e Zé do

Maranhão. Nesse mesmo ano, Alcione registra "Minha filosofia". Três anos depois, sob a batuta do inesquecível Paulinho Albuquerque lá está ele, ao lado de Wilson Moreira, Nei Lopes, Cláudio Jorge e Sonia Ferreira, a "Soninha do Quarteto em Cy", fazendo um memorável show, intitulado "Roda de Samba", no Teatro João Caetano. E em 1996 emplaca, agora com a parceria, entre outros, de Arlindo Cruz (Beto Sem Braço falecera três anos antes) um samba-enredo bem ao seu jeito: "E verás que um filho teu não foge à luta", premiado com o "Estandarte de Ouro", de *O Globo*, como o melhor samba do grupo especial naquele ano, numa premiação que, aliás, recebeu ainda mais três vezes.

Em 2001, ainda com Paulinho Albuquerque, vieram os três espetáculos da série "Meninos do Rio", no palco do Centro Cultural Banco do Brasil, com Dauro do Salgueiro, Nei Lopes, Nelson Sargento, Baianinho, Niltinho Tristeza, Casquinha, Zé Luiz, Nílton Campolino, Jair do Cavaquinho, Monarco, Elton Medeiros, Luiz Grande, Jurandir da Mangueira e Dona Ivone Lara. Os shows renderam um CD antológico, produzido pela gravadora Carioca Discos. E nesse mesmo ano, Aluízio registrava para a posteridade um depoimento no Museu da Imagem e do Som do Rio de Janeiro.

É claro que, nesse depoimento, não está mencionado aquele dia de São Jorge do final da década de 1960. Porque essa menção cabe a mim, se um dia lá for falar dos meus começos e das minhas grandes influências.

Porque uma delas, e das maiores, veio deste senhor, padrinho e parceiro, a quem sempre tirei meu chapéu – hoje infelizmente sem fita de cor nenhuma – do vigoroso e forte imperiano Alcides Aluízio Machado.

ERLON CHAVES, VENENO OU MOCOTÓ?

Dia desses, relaxando da labuta, resolvemos no Lote ouvir uns discos desses de requebrar o esqueleto, desses que confirmam que nossos Deuses africanos dançam. E como dançam! Sacamos então, lá da estante, discos com "muito balanço" e "pouco conteúdo", incluindo aí muita guaracha, muito són, muito suingue, muito rhythm & blues, muita batucada, e, entre esses, uns disquinhos relançados do polêmico Wilson Simonal, naquela do patropi e da pilantragem. Foi aí que, ouvindo, sacando as ideias, analisando os arranjos, o clima e lembrando das pessoas envolvidas, nos veio à mente a seguinte pergunta:

Quem foi realmente o maestro Erlon Chaves? Por que morreu tão cedo, aos 41 anos, depois de ser consagrado como regente e ótimo arranjador de música popular; presidente do júri internacional V FIC (Festival Internacional da Canção); de "comer mocotó"; de "tirar altas chinfras", cheio de "balanço e de veneno"; de transmitir aquela imagem bacana e autossuficiente... e depois ser taxado de "crioulo nojento" que "só gostava de loura", que "não se enxergava" e "nem sabia o seu lugar"? E, afinal, de que morreu Erlon Chaves?

Nascido na capital paulista em 1933, Erlon foi – segundo o Cravo Albin – regente, arranjador, pianista, vibrafonista, compositor e cantor. Em 1965, depois de ter composto para a TV

Excelsior uma sinfonia que se tornou tema de abertura da emissora, mudou-se para o Rio, onde foi diretor musical da TV Rio e um dos idealizadores do I Festival Internacional da Canção em 1966. Até que chegou a quinta edição do famoso festival, em plena ditadura de Garrastazu Médici. E aqui passamos a palavra ao amigo Zuza Homem de Mello, através das páginas de seu primoroso livro A Era dos Festivais: uma parábola (Editora 34).

Para a apresentação de "Eu Também Quero Mocotó", na final de 25 de outubro de 1970, Erlon resolveu incrementar ainda mais o happening, que já ocorrera na apresentação classificatória da música, quando sua Banda Veneno, somando 40 pessoas entre cantores e músicos (eta, banda larga!), fez plateia e jurados dançarem ao som da canção, feita mesmo pra dançar, só à base de riffs dos metais, ritmo de boogaloo (a moda black de então). E aí anunciou, segundo Zuza: "Agora vamos fazer um numero quente, eu sendo beijado por lindas garotas. É como se eu fosse beijado por todas aqui presentes".

"Na plateia foi uma vaia só. Nos lares, algumas esposas brancas engoliram em seco, ofendidíssimas, ao lado dos maridos". E o happening rolou.

Só que, segundo nosso amigo Zuza, "o espetáculo de um negro sendo beijado por loiras no encerramento do V FIC foi demais para os padrões conservadores da época, e Erlon Chaves foi levado, dias depois, para um interrogatório na Censura Federal", ao qual se seguiu a prisão, segundo consta, pela influência de esposas de alguns generais da Ditadura, ficando o músico, depois de libertado, proibido de exercer suas atividades profissionais em todo o território nacional por 30 dias.

No caldo grosso do "Mocotó", Erlon, acuado, limitou-se ao seu trabalho de arranjador – da mesma forma que Toni Tornado, pela "BR-3" apresentada no mesmo certame, foi "convidado a sair do país". E Wilson Simonal, seu parceiro e amigo, acabou acusado de delator em 1972, comendo, a partir daí, o mocotó que a Ditadura azedou.

Apesar do relativo sucesso dos discos com repertorio internacional da Banda Veneno, lançados de 1972 a 1974, a carreira de Erlon Chaves acabava ali, naquele festival que, segundo o nunca assaz citado Zuza, "deixou um rastro de racismo, uma marca de preconceito contra artistas da raça negra, aquela que contribuiu para a música brasileira, como também para a cubana e a norte-americana, com o elemento mais proeminente de seu caráter, o ritmo".

Em 14 de novembro de 1974, Erlon Chaves, que transmitia a todos nós com seu talento, charme, sorriso e simpatia, aquela autoconfiança que a nós todos ainda nos faltava, enfartou, quando olhava uns discos de jazz numa loja da zona sul, e morreu. No ato.

Será que morreu de seu próprio "veneno"? Este veneno que nos faz querer também comer o "mocotó" dos espaços de excelência, das instâncias do poder, do conforto material, do acesso ao saber, do êxito, do respeito enfim!? Ou será que morreu porque era um "crioulo metido e pilantra", que "não sabia seu lugar", só "gostava de mulher branca" e "carro do ano", que, de repente, quem sabe, queria até ver seus filhos – absurdo! – entrando pra uma boa faculdade?!...

Você sabe?

FILIPÃO, MEU COMPADRÃO

Ele foi, sem dúvida, uma das grandes personalidades do mundo do samba. No chapelão de panamá, na calça de linho, no blusão semiaberto entremostrando as guias, na ginga, na capanga embaixo do braço, qualquer um que o olhasse, logo identificaria: – Ali vai um sambista! Passou, é claro, o pão que o diabo amassou. E, segundo dizia, foi ser "polícia", concursado, porque cansou de ser esculachado e resolveu ver como era o "outro lado". E, aí, a cara negra de poucos amigos, os dentes de ouro do sorriso só reservado para os mais chegados, foi um policial honesto, justo, cumpridor da lei e dos seus deveres, por isso aposentou-se pobre. Quase como era, do "lado de lá".

Meu compadre Filipão, portelense com raiz no Império de Campo Grande, foi, sem sombra de dúvida, uma das grandes figuras do mundo do samba. Nos engraçadíssimos casos que contava (um deles, inclusive, o tornou personagem de um conto do mestre Muniz Sodré), nos poucos, mas definitivos sambas de sua autoria (como o "Tartaruga em Fatia", gravado pelo nosso Walter Alfaiate e outros do repertório de Bezerra da Silva), com o seu falar absolutamente peculiar, inventando palavras, criando coisas inimagináveis, como seu mito de origem:

– Meu nome é Oinotna Epilef Ed Ojuara ("Antonio Felipe de Araújo", ao contrário). Sou filho de caboclo do mato com italiana. Por isso é que eu falo assim, com a língua pegada.

Conhecemo-nos no Quilombo, o sonho de Candeia, em 1976. Descobrimos afinidades além da música, pois Filipão era também "da curimba", compositor de pontos e pai-de-santo com seu gongá no terreno familiar em Campo Grande, onde sempre morou e viveu o samba, sendo lá confundido por suas três identidades, a de policial, a de sambista e a de chefe umbandista.

– Não! Esse Filipão não conheço não, senhor. Eu conheço o "Gorila".

– Gorila? Não, senhor. O que eu sei é conhecido aqui como "Filipão".

– Gorila? Filipão? Não, senhor. O que mora ali é o Seu Antônio. Seu Antônio da Dona Xanda.

No Quilombo, logo nos tornamos "compadres", tomando nossos "biricuticos" e "xinaipes", mas tratando-nos mutuamente por "senhor", como é tradição entre os velhos sambistas. E ele dizia, trocadilhando generoso, que o velhote aqui não era um compadre qualquer e, sim, um "com-padrão", ou seja, um compadre com padrão, de alta qualidade.

Grande figura o Compadrão, que nos deixou no último 19 de setembro! Ele, que dizia ser "um negro de 200 anos", partiu antes de completar oitenta. Mas deixando, com toda a certeza, um algo diferente na alma daqueles que tiveram a oportunidade de conhecer sua verve, sua alegria e sua singularidade. Grande sambista que deixa, sobretudo, uma grande saudade.

E aí, agora, imagino o Filipão chegando no céu e pedindo licença com o brado que iniciava a interpretação de seus sambas e que foi confessadamente imitado pelo puxador Quinzinho, quando no Império Serrano:

- Rrrrrrrrrrrrrrrrrrrriiiiiiiiiipaaaaaaaaaaaaa !!!

São Pedro, certamente, vai morrer de rir. E abrir alas para dar passagem ao anjo (da Guarda) Antonio Felipe de Araújo, meu querido compadre Filipão.

PARTIDO LÁ NO ALTO PRO CAMUNGUELO
(Cláudio Lopes dos Santos, 06.06.1947-24.12.2007)

Eu vou fingir que fechei o paletó
Pra ver quem vai fofocar que eu fui oló
Mamãe não chore não   CORO
Que eu tô seguindo a minha pauta:
Nessa e na outra eu levo a vida na flauta!
EU – Dizem que cachaça mata
Cachaça não mata ninguém
O que mata é pneu de automóvel
Bala de revolver, trombada de trem.
ELE – Minha mãe sempre me disse:
Meu filho tu não vai no samba
Samba tem muita quizumba
Tem muita macumba, tem muita muamba.

(CORO)

EU – As mulheres de hoje em dia
Deixa as filhas vadiar
Depois é Vara de Família
Dizendo que a filha quer DNA
ELE – Vou-me embora, vou-me embora
Gudbái! Alô, mai guél!

Com saudades da Portela
E daquela morcela de Vila Isabel

(CORO)

EU – Se tu for pro andar de cima
Dê um abraço em Filipão
Mande meu verso pro Beto,
O Catoni, o Aniceto e o Geraldo Babão.
ELE – Vou me embora que aqui embaixo
Virou esculacho e a coisa tá feia
Vou entregar teu carinho
Em mãos de Padeirinho e Antônio Candeia...
DIZ, HUMBERTO ARAÚÚÚJO!!!!!!
"Salve, companheiro (a)!
Morreu um amigo meu.
Um irmão de dores e alegrias.
Não obstante, um fazedor de alegrias.
Um negro, pobre, que fez, com seu talento, arte e humildade, um caminho mais digno e coerente para sua precária vida de estivador do cais do porto.
Coerente, pois artista maior. Coerente enquanto estivador artista.
Artista puro e "louco", sonhador e suingueiro chorão da mais alta estirpe.
Macumbeiro de fé sempre constante e inabalável a "Seu" Jorge Ogum e Oxóssi ao mesmo tempo, aqui por essas plagas.
Guerreiro e caçador dos maiores brasileiros, um lutador, esse meu amigo que morreu.
Ou ... melhor seria dizer: saiu de nosso convívio aqui no "planeta-matéria".
Dizem os incautos: "Foi para o 'descanso' eterno."
Não! Um guerreiro jamais eterniza nada que não seja a luta!

Ejilà! Soldado no quartel, quer briga!
Um lutador, um bailarino, um compositor, um intérprete, um flautista, um brasileiro, um macumbeiro, um Negro, com fé na sua ancestralidade!
O Brasil perde um homem de princípios! (Como são trágicos, sempre, os heróis!)
Ganham os Céus! Batam palmas, pois!
Joguem palmas brancas para esse filho de Obatalá que partiu talvez por merecer novos horizontes, não estes tão sofridos, com melhores cachaças e tira-gostos que os daqui desse Brasil violento de desmandos cada vez mais crescentes.
Patápio, Callado, Irineu, Alfredo Filho, Anacleto, Tom, Cachimbinho...
Seria muito simples dizer que todos o aguardam lá no Céu.
Difícil é falar da dor e da saudade que esse Camunguelo, Cláudio, de pia, faz aqui no Chão!
Saudade, meu grande irmão das alturas de urubuir.
Deus o guie em paz nessa nova fase de sua vida, Oxalá, mais calma e branda como você merece.
Meu, sempre forte, aperto de mão, beijo e abraço fraterno".

(texto do saxofonista Humberto Araújo, enviado por e-mail em 25.12.07)

IBRAHIM FERRER E O NOSSO CUNHADO

Domingo último, na estrada que liga o Aiê, este conturbado mundo dos vivos, ao Orum, o outro lado, o grande cantor cubano Ibrahim Ferrer encontrou-se com o bolerista amador Humberto Fialho.

Afinidades muitas entre os dois – um preto, outro branco: idade, trabalho operário, convições esquerdistas, macumba, santería... Mas, sobretudo, o repertório infinito e o prazer inigualável de cantar bolero.

Imaginamos o diálogo, travado entre os dois, se conhecendo naquele instante de "divina claridade":

– *Que pasa, compañero?*
– *A vida é um bolero, Seu Ferrer!*
– *Sé que en tu vida has tenido um mar de aventuras...*
– *Solo una vez platicamos...*
– *Y enamorados quedaron, usted y la vida?*
– *Que nada! Fueron simples juguetes ...*
– *Dicen que la distancia es el olvido...*
– *É... mas la barca tiene que partir...*

Aí, la puerta se cerró atrás dos dois. E lá foram, bem anos 50 – ternos de linho branco, gola do blusão pra fora do paletó, sapatos de sola grossa também brancos – amigos e felizes. Para sempre.

* * *

Nosso cunhado Humberto era o irmão mais velho do pintor e homem de idéias Renato Fialho, amigo que todo o mundo do samba admira e a quem o Lote dedica este texto.

JOÃO BOSCO VIOLANDO NO LOTE

Está aqui o Velhote sambista lapidando cuidadosamente uma letra encomendada pelo grande compositor e violonista João Bosco. No sonzinho, sob os acordes acrobáticos do violãozaço, rolam as onomatopéias, cacofonias, onomatopoeses e prosopopéias da voz do histórico parceiro do Aldir Blanc (ele blanc, eu black), sugerindo palavras para eu encaixar nas notas. Tipo "toca de tatu, rabo de paio com tutu". Que exercício, meu sinhô!

Mas o Velhote sambista, modéstia à parte, já letrou Guinga e Ed Motta; já fez versão para "Fascinating Rhythm", dos Gershwin (um projeto guardado do Zé Renato); e criou 5 letras para as "Coisas" pretas do genial Moacir Santos, o maestro dos maestros. Então, não tem mosquito!!

Mas eis que já nos finalmente do tão difícil quanto prazeroso trabalho, chega-se um moleque escolarizado daqui do Lote, ouve as onomatopéias do João e pergunta:

– Que língua é essa em que esse moço tá cantando, tio?

E o velhote de sacanagem responde:

– É "jombosco".

Aí, o moleque, entendendo tudo e lembrando a última aula de História da África Austral que tivemos, rebate satisfeito:

– Ah, sei! É a língua dos Bosquímanos...

PELÉ ETERNO

Ando doido pra ver o filme "Pelé Eterno", que deve ser de fato uma pancada, como foram os dribles e gols com que o "Rei" nos brindou durante tantos anos.

Mas pancada, mesmo, foi a do saudoso Baiano do Salgueiro, cascateiro como ele só, no tempo que o "negão" namorava a Xuxa.

A "rainha dos baixinhos", como todo mundo sabe, tinha uma casa em Coroa Grande, onde o Baiano reunia sua turma.

Contou ele, então, que um domingo, estava lá com o churrasco armado quando a Xuxa se chegou:

– Seu Baiano, eu estou ali com o "Edson" e ele queria participar do churrasco. Será que...?

Aí, o venerando sambista, que, além de mentiroso era justo como ele só e não admitia privilégios, meteu lá:

– Poder pode, minha filha. Mas tem que "chegar junto". Igual a todo mundo.

Contava o velho salgueirense que, então, Pelé, o eterno, de calção e chinelo Rider, foi no açougue, comprou 1/2 kg de contrafilé, pegou duas Brahmas geladinhas no botequim e trouxe pra roda. E até cantou uns sambinhas, acompanhando-se ao violão, naquele dó maior básico que ele sabe fazer.

Baiano jurava que era verdade...

O SAPATO DO SEU GERALDO

Dias atrás, na primeira edição pós-carnavalesca de sua coluna em O Globo, a jornalista Cora Rónai (cujo pai, com seu *Gradus Primus et Secundus* me iniciou nos mistérios do latim) contou um caso de carnaval: um casal seu amigo pintou de dourado velhos pares de sapatos para desfilar no Império Serrano. O fato, aparentemente corriqueiro, me trouxe à lembrança uma outra passagem.

No carnaval de 1985, saímos eu e mais uma dezena de velhotes na comissão de frente do nosso Salgueiro, liderada por meu amigo Haroldo Costa. O enredo era uma homenagem ao presidente Getúlio Vargas e nosso traje, casaca e cartola em cor cinza, faixa vermelha atravessada sobre a camisa branca, calça preta de "risca de giz", gravata e sapatos pretos – estes, sociais, sóbrios, de cadarço. Tudo tinindo, novinho em folha!

Só que sapato novo, mesmo feito de encomenda, sabe como é que é, né? Principalmente em pé de velho, com todos aqueles joanetes, unhas encravadas e esporões. E aí, na concentração, Seu Geraldo do Caxambu, irmão de Dona Fia e tio de Mestre Louro e Almir Guineto, me confidenciou:

– Ah, meu camarada! O sapato novo tava me apertando que tava danado. Aí, peguei esse que eu só tinha usado uma vez, num casamento, dei mais um brilho e vim com ele. Tá ruim?

Claro que não estava! Sapato preto social, de cadarço, brilhando, é tudo a mesma coisa. Ainda mais visto à distância, em meio às luzes do sambódromo em festa.

Acontece, entretanto, que na hora do "vamo vê", a escola ficou em quinto lugar. E a comissão de frente tirou nota 9, o que gerou uma crise institucional na nossa Velha Guarda. O saudoso Moacir Lorde, fundador da tradicional Ala dos Lordes, contabilista das tendinhas do morro do Salgueiro, ex-presidente da escola e conhecido por seu temperamento exaltado, tinha ouvido a confidência de Seu Geraldo. E, na reunião, botou a boca no trombone:

– A gente se ferrou porque o Geraldo veio de sapato velho! Ele não tem compostura pra sair numa Velha Guarda!!!

* * *

Cora Rónai certamente não sabe o tabu que representa, para um sambista tradicional, esse negócio de aproveitar fantasia usada. E se algum coroa do Império leu a coluna dela, vai botar a culpa em seus amigos pela decepcionante colocação da escola da Serrinha.

OBRIGADO, BATERIA!

"Bujica", escrito assim, é complicado para um não falante da língua de Lima Barreto e Marques Rebelo. Diziam "Biu-jai-co", "Bou-jai-co", por aí. Então, o músico assumiu o modo fonético anglófono (ou nórdico, sei lá) de escrever: Boo-djee-kah, Boojeekah. E viu que era bom.

O som é quase o mesmo e fica mais brilhante, assim, no letreiro: "TONIGHT. BOODJEEKAH. Master of brazilian percussion". Como emocionante é, agora, chegando para mais um concerto, de sobretudo escuro, cachecol e gorro de lã, a *case* dos pratos armênios sob o braço, ir lembrando devagarinho como tudo começou.

Não! Não se tratava de tirar os meninos da "rua", pois, na comunidade, o limite entre as vielas e os cômodos das casas praticamente não existiam. O projeto, como todos os outros, de inclusão social, cidadania ou geração de renda, o que de fato objetivava era ocupar, de modo sadio, corpos e mentes daquela garotada sem perspectiva.

O ritmo nascera com eles. Como nasce com todo mundo. Só que uns desenvolvem a intimidade da convivência. E aí percebem melhor a batucada das rodas do trem, da máquina de costura, da goteira caindo do teto e repenicando na lata... Porque tudo no universo tem seu ritmo. A vida, ela própria, é ritmo. E a música não é só uma arte do espírito e da alma, mas de todo o corpo.

É claro que não foi filosofando assim que Timbira teve a ideia. O projeto surgiu na sua mente foi no Maracanã, vendo o Vascão bater aquela bola redondinha, num dos times mais entrosados dentre os que já desceram a "Colina de São Januário". Por que não juntar todos aqueles rapazes talentosos, capazes, e formar um timaço? Um time pequeno, mas com uma perfeita noção de conjunto. Um *dream team* da batucada. Uma seleção brasileira do "bumbum praticumbum prugurundum". Uma orquestra sinfônica da percussão sambística. Uma fantástica mini-bateria mirim, nascida no seio da gloriosa tradição dos Caprichosos da Serra.

Quando a notícia se espalhou, não houve grande entusiasmo. Música, naquele momento, era o Michael Jackson, era o *break* dos negões americanos, que viviam em *projects* caindo aos pedaços, meio parecidos com os conjuntos habitacionais daqui. Mas jogavam basquete e usavam aqueles bonés e tênis coloridos, desafiadores. Batucada de escola de samba só mesmo no carnaval, e pela farra. Era meio fora de moda e não combinava com o estilo lá de fora, com aquilo que se via nos filmes, nos *videogames* e na televisão.

Além do mais, a arregimentação era condicionada ao boletim escolar. E escola era um assunto meio distante. Mas Timbira e o pessoal da ONG insistiram. Aí, vieram os primeiros, Birinha e Pingo, que já tinham uma certa intimidade com o mestre. E ele explicou o que pretendia.

Não! Não era uma simples bateria mirim, um mero conjunto de percussão integrado por adolescentes e meninos de uma comunidade carente. Não se tratava de um projeto banal de ressocialização de menores infratores ou em situação de risco. Timbira queria, porque podia, formar uma super orquestra, para tocar em shows, dar concertos, gravar um, dois, três CDs e clipes, fazer sucesso, ganhar dinheiro, muito dinheiro. Os apoios e patrocínios já estavam negociados, e os instrumentos já estavam chegando de São Paulo, da Contemporânea...

Então, a orquestra foi-se formando: no surdo, Bochecha; no surdo de resposta, Cidinho; no de terceira, Doca; nos repinicadores, Bujica e Claudinho; tarol, Nem; caixas de guerra, Quim e Biu; chocalhos, Fabinho e Vaguinho; tamborins, Digo, Birinha e Ronaldo; cuícas, Linho, Pingo e Pretinho.

O caso é que foi um sucesso. Em menos de um ano, a cidade toda já falava na ORJUPECS, a Orquestra Juvenil de Percussão dos Caprichosos da Serra. E a garotada vivia com a agenda cheia de compromissos entre apresentações em comunidades, espetáculos oficiais, televisão, gravações...

Mestre Timbira, na intimidade, batia no peito, afirmando orgulhoso que aqueles jovens eram dezesseis que ele tinha posto no bom caminho, tirado definitiva e irreversivelmente das garras do vício, dos prazeres ilusórios e fugazes, da marginalidade e da delinquência.

Mas não foi para sempre que os timbres da bateria soaram e tocaram de forma compassada, cadenciada e harmônica.

O primeiro a sair foi Quim que, no fundo, no fundo, queria mesmo era entrar para a Polícia. Teve que deixar o morro, com a família, expulsa quando seu pai, por uma razão qualquer, resolveu contestar uma ordem do Homem.

Birinha mudou-se naturalmente, também com a família, quando o pai teve a chance de terminar a casinha que havia vários anos construía num distante, mas pacífico município da Baixada. Hoje é professor do ensino fundamental, e vai vivendo.

Fabinho saiu por imposição dos pais, que receberam uma "revelação" e se tornaram "cristãos". Hoje anda de terno e gravata (paletó de uma cor, calça de outra) e já tem seu próprio ministério, numa salinha com doze cadeiras.

Vaguinho passou num concurso para a Marinha de Guerra e foi ser aprendiz de marinheiro em Florianópolis. Pingo aprendeu um pouquinho de guitarra, formou uma "banda" de pagode romântico e anda por aí, à procura do sucesso. Os outros foram saindo de cena em circunstâncias e de modos diferentes. Primeiro, foi Cidinho, 17 anos, gorro enfiado na cabeça, dormindo na chuva – tuberculose pulmonar. Depois, foram, pela ordem: Bochecha, 16, cambono do terreiro de Seu Sete Velas – traumatismo craniano provocado por disparo de arma de fogo; Doca, 15, que um dia sonhou ser enfermeiro no carro dos bombeiros – parada cardíaca por ingestão de substância química de fórmula $C_{17}H_2NO_4$; Claudinho, esperto, inteligente, boa conversa – incurso no art. 156 do Código Penal, aguardando progressão para regime semiaberto; Nem, 19, mentiroso e viciado desde os 12 – deficiência imunológica na época ainda não identificada; Biu, 14, que veio com a mãe de Catolé do Rocha ainda bem pequenininho – hemorragia consequente a perfuração de órgãos vitais por instrumento pérfuro-contundente; Digo, 17, rápido nas quatro operações, sabendo inverter e cercar um milhar e uma centena – diretor financeiro de uma rica e badalada escola de samba do grupo especial; Ronaldo, 16 anos, bom de bola – Emirado de Abu Jebah; Linho, quase 18, fortão, ágil, bom de briga – segurança, de terno preto, gravata e óculos escuros; Pretinho, 13, sensível e obediente – economia informal, esquina de rua da Assembleia com avenida Rio Branco.

* * *

Bujica conheceu Gunnar Bergström, 58 anos, PhD em Artes, quando o lourão veio pesquisar música no Brasil. Foi, por acaso, na quadra dos Caprichosos. Entre idas e vindas, muita entrevista e muita gravação, no fim de dois anos veio o convite para conhecer a Europa.

Para ele, mesmo sem nunca ter tido pai ou mãe, no princípio foi duro. As regras, as proibições, as tradições estritamente observadas – apesar de focos de rebeldia, sem muito motivo, espocando aqui e ali, mas logo sufocados. Rebeldia sem causa! Afinal, todos eram iguais perante a lei e tinham garantidos seus direitos à cidadania. Bons hospitais, ótimas escolas, excelente rede de transportes, moradia acessível, o Estado estruturado e forte olhando por todos e cortando, na medida do possível, os tentáculos poderosos do mercado.

Mas tinha o frio, que obrigava Bujica a vestir dois, três agasalhos por baixo do sobretudo, além das meias, luvas e toucas. E tinha – mais terrível que todas as carências, mais avassaladora e acachapante que todas as ausências, mais desoladora e destrutiva que todos os banzos, saudades e nostalgias – a falta do feijão preto, que aparecia, naquele sonho recorrente, borbulhante de paios, carnes-secas, lombos, orelhas e toucinhos, cheirando como uma obsessão diabólica.

Mas Bujica superou o frio e a falta do feijão. Incentivado e ajudado pelo enérgico, mas carinhoso Gunnar Bergström, frequentou cursos livres, foi aprendendo a língua da terra e aquele indispensável inglês universal, fez-se habituê dos circuitos de arte e cultura, conheceu artistas, intelectuais, políticos, embaixadores, cônsules, adidos, primeiros secretários, gente, muita gente.

No morro, Mestre Timbira, quando recebe aquelas cartas cheias de selos bonitos, sai mostrando:

– Olha aí! Cria minha! Não falei que eu ia botar eles todos no bom caminho?

* * *

Sobretudo escuro, cachecol e gorro de lã, na mão a case dos pratos armênios e o estojo de baquetas, Bujica cumprimenta um e outro – *good evening, how do you do* – e se dirige ao camarim.

Na porta, lê-se "BOODJEEKAH" sob a pequena estrela prateada.

O SAMBA
SEMPRE
FOI SAMBA

UNESCO E SAMBA

Não tenho ideia muito clara do que possa, em termos concretos, representar para o samba sua elevação, pela UNESCO, ao patamar de "patrimônio cultural da Humanidade". Mas imagino que isso possa se traduzir em medidas que barrem a política de imposição da estética pop-rock em escala global, ora em curso, e que resguardem o samba em sua condição de matriz de nossa música popular urbana e elemento definidor da identidade musical nacional.

Essas medidas, em minha avaliação, deveriam, sobretudo: obrigar legalmente as gravadoras estabelecidas no Brasil a priorizarem em seus lançamentos o samba em suas múltiplas e legítimas vertentes (considerando-se, aí, como legítimas aquelas surgidas espontaneamente e não as objeto de fusões contrafatórias); orientar a Comissão Nacional de Incentivo à Cultura (CNIC) a aprovar, prioritariamente, na área da música popular, aqueles projetos de comprovada qualidade e viabilidade, que tenham como objetivo a difusão do samba, observada a legitimidade acima mencionada; incentivar, nos teatros e outros tipos de casas de espetáculo mantidos pelo poder público, a montagem de espetáculos de samba. Além disso, acho que a afirmação do samba como patrimônio da Humanidade passa também, como já disse em outras ocasiões, pelo caminho da capacitação profissional.

O samba precisa de técnicos e engenheiros de som que saibam gravar, mixar e reproduzir com fidelidade as frequências e sonoridades peculiares de seus instrumentos, que diferem fundamentalmente daqueles usados no pop-rock globalizado. Precisa de bailarinos e coreógrafos capazes de levar aos grandes e prestigiosos palcos, recriadas em linguagem teatral, a riqueza e a diversidade dos seus passos, bastante diferentes do pastiche hoje vendido como a dança do samba. Precisa também de músicos, arranjadores, regentes, acompanhantes e intérpretes, capacitados a levar para a pauta, para os espetáculos e para as gravações, partindo da tradição para a modernidade, todo o amplo espectro de seu repertório. E de produtores descolonizados e progressistas que enxerguem o samba através de uma perspectiva nacional, desvinculada da massacrante globalização em mão única que hoje assistimos. Finalmente, acho que o samba precisa é de uma política governamental que o proteja da ação das corporações internacionais também no campo minado do Direito Autoral.

Quanto aos sambistas, é preciso termos em conta que, para vencer o preconceito e disputar espaço no mercado cultural, o samba precisa manter sua imagem limpa, desvinculando-a de tudo o quanto é condenável, mostrando-se como um produto do "morro", sim, mas que se impôs no "asfalto", naquilo em que esses distintos ambientes têm de melhor.

Assim, conseguiremos destacar a multiplicidade dessa arte, que inclui dos estilos mais populares à bossa nova mais sofisticada, e caracterizá-la como um importante fato cultural, que transcende raça, classe social e faixa etária.

VOVÓ ROSÁRIA E O PAGODE DE BUTIQUE

Cada um come do que gosta, já dizia minha tia-avó Rosária, partideira centenária... Mas não deixa de ser interessante essa coisa, agora, de o povo das reives, do tecno, das baladas (de "embalo", velocidade) começar a curtir "bandas de pagode", como deu na Folha. E isso, no meu entender, liga historicamente o que ocorreu na zona sul carioca, no final dos anos 1950, à explosão do "glitter pagode" (*glitter*: brilho, resplendor, lamê – como explica Vó Rosária) quarenta anos depois.

Pois esse "pagode" é, pra mim, descendente da bossa nova. Não? Então, experimente cantar "Garota de Ipanema" ou "Chega de Saudade" nesse ritmo que o paulistano Gilson de Souza formatou, Agepê consagrou e o Raça Negra jogou no ventilador. Conseguiu, claro!

Agora... experimente cantar um samba de Geraldo Pereira, de Jota Cascata, de Dilermando Pinheiro, de Padeirinho, de Luiz Grande, no mesmo ritmo. Não dá, né?

Um dos fundamentos estéticos da bossa nova foi, como já dissemos no nosso *Sambeabá*, a decodificação do ritmo original do samba, despojando-o de sua polirritmia. Nessa esteira foi que, a partir do sucesso comercial do Raça Negra, surgiu, dentro do samba, uma espécie de reproliferação do antigo "sambão jóia", disseminado antes por Benito di Paula, Wando, Luiz Ayrão, além dos citados Gilson e Agepê.

O sucesso da fórmula dos neo-sertanejos – por sua vez herdeira do iê-iê-iê romântico – foi a pitadinha que faltava para que os produtores de discos egressos da Jovem Guarda, em geral guitarristas de 3 acordes só ou solistas de "sax baixo", cozinhassem tudo no mesmo micro-ondas para criar o "glitter pagode", que agora volta, agitando as baladas em Sampa, como disse a Folha.

Se a Folha falou, tá falado! É samba também. E no fundo, no Brasil, tudo é samba. Mas minha tia-avó Rosária não consegue ficar calada. E aí mandou essa:

– Esse pagode aí, é "filho bastardo do telec-tec emasculado da bossa nova", como diria meu amigo José Ramos Tinhorão...

O RENASCENÇA E O DIA DO SAMBA

O clube Renascença, hoje experimentando um espetacular renascimento por conta de sua roda de samba das tardes de segunda-feira, quando consegue reunir, segundo seus organizadores, mais de mil pessoas, nem sempre foi um clube de samba. Fundado em 17 de fevereiro de 1951 no Méier e depois transferido para o Andaraí, ele nasceu dos anseios de uma emergente classe média negra carioca, cansada de ter seu ingresso vetado nos quadros sociais dos clubes da vizinhança, no eixo Tijuca-Méier, aí incluído o aristocrático Grajaú e até a boêmia Vila Isabel – bairro, também, de militares de altas patentes.

O ideário do Renascença objetivava a inserção do negro na vida social e cultural carioca. Então, ali, se fez "cultura" no melhor sentido do termo, como uma histórica montagem do "Orfeu da Conceição" nos anos 1970, lançamentos de livros, fóruns de debates políticos, além de outras iniciativas importantes, nas quais se incluíam os concursos de beleza, que romperam, em nível até internacional, com a nossa Vera Lúcia Couto, os padrões estéticos europeizantes de tais certames.

Quando o Renascença já tinha dez aninhos de idade realizou-se no Rio, em 1962, o Primeiro Congresso Nacional do Samba, evento em cujo final, no dia 2 de dezembro, o etnólogo negro Édison Carneiro foi incumbido de redigir a "Carta do Samba", documento que propunha, entre outras coisas, a preservação das características do gênero-mãe, dentro de uma perspectiva de progresso, e que foi publicado pelo então Ministério da Educação e Cultura, por intermédio da Campanha de Defesa do Folclore. Foi aí que o 2 de dezembro virou efeméride, oficializada, no Rio, pela lei estadual nº 554 de 28 de julho de 1964.

Renascença e Dia do Samba, então, são duas faces de uma mesma moeda: a da luta dos negros cariocas contra a exclusão racista e a espoliação, pelo respeito enfim. Tantos anos depois, entretanto, as duas iniciativas podem, de certa forma, ter sido superadas pelas leis do mercado, essa entidade que hoje justifica tudo. Mas fica aqui nosso registro, pela alegria de ver o samba dando exemplo de longevidade e diversificação, "sem distinção de credo, cor ou classe social".

Parabéns ao Rena! Viva o Samba!

EM 1973, UM GRANDE ENCONTRO NACIONAL DO SAMBA

Remexendo aqui uns guardados, encontramos o folheto do "2º Encontro Nacional do Compositor do Samba", realizado pela Riotur em 1973. A ideia foi do sambista caprichoso-vila-isabelense Jorge Garrido (pai da talentosa e dinâmica assessora de imprensa Jane Garrido, uma afrodescente da pesada!) e a organização foi dos saudosos Waldinar Ranulpho e Walfrido Tourinho, além de Carlos Alfredo Macedo, que nossa memória cansada não registra.

Concorrentes, entre outros: Aluísio Machado, Candeia, Gisa Nogueira, Nelson Cavaquinho e Guilherme de Brito, Ederaldo Gentil, Toco, Jorginho Pessanha e Walter Coringa, Otacílio e Ary do Cavaco, Babaú, Wilson Moreira, Marinho da Muda, Mauro Duarte e Paulo César Pinheiro, Mano Décio da Viola, Darcy da Mangueira, Zé Catimba, Sidney da Conceição, Antônio Grande, Sueli Costa, Sinval Silva. Timaço, hein?

Alguns sambas que fizeram sucesso e ficaram: "Malandro é Malandro Mesmo" (Ary e Otacílio), "Menino Deus" (Mauro Duarte e Paulinho Pinheiro), "Quero Sim" (Darcy), "Nanaê, Nanã, Naiana" (Sidney).

Curiosidade: Jorginho Saberás ("Saberás, saberás, saberás, como eu te amo, meu amor!"), grande e pranteado sambista de Vila Isabel, ainda assinava seu nome civil... Jorge Aragão.

* * *

O festival, realizado em 3 noites, trouxe concorrentes da Bahia (Ederaldo Gentil, Edil Pacheco, Valmir Lima), de São Paulo e de Minas Gerais. Contou com shows temáticos estrelados por gente como Martinho da Vila, Paulinho da Viola, Zé Kéti, Elizeth Cardoso e Candeia.

Por essa época, também, a Secretaria Municipal de Educação promovia, anualmente, entre as escolas da rede de ensino fundamental, um certame chamado "O Jovem Diz o Samba", que revelou muito sambista bom, tendo alguns deles feito carreira.

Essas lembranças vêm a propósito da criação da "Cidade do Samba". Será que vai ser apenas uma fábrica de carnaval? Ou vai resgatar, para o samba, iniciativas como essas que agora relembramos?

Trinta anos se passaram, a realidade é outra, mas... quem sabe?

1974, O ANO QUE NÃO TERMINA

Depois de Martinho da Vila, em 1968, o último nome saído do universo das escolas para integrar o panteão dos grandes sambistas no disco e na mídia foi Dona Ivone Lara, em 1974. De lá para cá, passaram-se muitos anos sem que o fenômeno se repetisse. E o estrelato isolado de Dudu Nobre, surgido na Alegria da Passarela, antiga escola mirim do salgueirense Osmar Valença, é um fato absolutamente isolado.

Observe-se que 1974 foi o ano dos boleristas Jair Amorim e Evaldo Gouveia faturarem o samba-enredo na Portela; do início do reinado de Joãozinho Trinta no Salgueiro; e da Beija--Flor fixar-se no primeiro grupo, com um enredo exaltando as realizações da Ditadura.

Chegando ao hoje, vamos ver que, musicalmente, e contrariando a geografia, na paralela da Marquês de Sapucaí estão as avenidas Mem de Sá, Gomes Freire e a rua do Lavradio, onde o samba toca forte mas com sutileza e cadência, múltiplo e diversificado. Da mesma forma, no Cacique de Ramos, no Ponto Chic de Padre Miguel, em Osvaldo Cruz, Irajá e por esse Rio a dentro.

E isso leva àquele raciocínio por nós exaustivamente repetido: SAMBA É UMA COISA, ESCOLA DE SAMBA É OUTRA. Mesmo porque antes de existir escola já havia samba.

O fato de a Portela de Paulinho da Viola, Wilson Moreira e da Velha Guarda, assim como o Império de Dona Ivone, Aluísio Machado, Wilson das Neves, Arlindo Cruz e Zé Luiz; e mesmo a Vila Isabel dos mais requisitados músicos sambistas dos estúdios cariocas, chegarem na rabada do ranking das escolas é apenas uma acachapante constatação disso que a gente já sabe. Desde 1974.

Mas ainda há tempo de mudar. É só as escolas investirem, por exemplo, na preservação de seu repertório tradicional, gravando também sambas de terreiro; ou na formação de sambistas realmente músicos, com aulas teóricas e práticas de violão, cavaquinho, canto, percussão etc.

Pensar só na Sapucaí pode levar à dispersão. Ou a um túnel sem saída.

GRANDE RIO, ANOS TRINTA

Há 35 anos, é quase certo que nenhum dos famosos e celebridades que hoje, no carnaval carioca, se dizem "Grande Rio desde criancinha" tivesse ainda nascido. Rolava o ano de 1969. A cidade, hoje comandada ou terceirizada por sabe-se lá quem, era apenas a simpática capital do efêmero Estado da Guanabara. E o município de Duque de Caxias, no antigo Estado do Rio, ainda era a terra do político bambambam Tenório Cavalcanti e de Joãozinho da Goméia, pai-de-santo que levou a tradição dos orixás jeje-nagôs até os palcos e deles para a avenida. Pois, nesse último ano da década de 60, os dirigentes do samba Amauri Jório e Hiram Araújo publicavam *Escolas de Samba – vida paixão e sorte*, um livro tão cheio de erros de revisão quanto fartamente documental, que seria o primeiro grande inventário das escolas de samba cariocas.

Naquele tempo, sob as ondas da Rádio Difusora de Caxias e da Rádio Clube Fluminense – está lá no livro –, movimentados programas de samba iam ao ar, varando a noite. Neles, tocava-se samba, veiculavam-se notícias do mundo do samba, debatiam-se questões palpitantes. E, naturalmente, lamentava-se a baixa performance das quatro escolas locais.

Essas escolas eram a azul e branco União do Centenário, da rua Seabra Sobrinho, no bairro que lhe emprestava o nome;

a Capricho do Centenário, verde e branco; a Unidos da Vila São Luiz, vermelha e branca, na qual se destacava a figura ímpar de Diva, compositora e emérita partideira; e a amarelo e azul-pavão, intitulada Cartolinhas de Caxias, na qual brilhava, impávido e elegante, o também mangueirense Hélio Cabral (1926-1997), com seus sambas antológicos, entre eles o "Benfeitores do Universo" ("Acordem, benfeitores do universo! / Que eu vou render tributo aos meus heróis / E nesta apoteose de grandeza / Eu peço a presença de todos vós..."), eternizado por Martinho da Vila.

No carnaval de 1952 – está lá no livro de Amauri e Hiram – a Cartolinhas chegou em 17º lugar na Praça Onze, num carnaval vencido pela Unidos do Indaiá, de Marechal Hermes. No ano seguinte, a Capricho do Centenário desfilou, mas sem obter nem classificação. Em 1954, Cartolinhas e Capricho empatavam em 11º lugar, para chegarem respectivamente em 6º e 9º no carnaval seguinte. Em 1956 e 1957, Cartolinhas chegando em 12º e 18º na chamada "poeira", a hegemonia caxiense ficava com o Capricho. Mas, no final da década de 1960, essa liderança se transferiria para a União do Centenário, considerada, já, por Jório e Araújo, uma escola de porte médio.

Em 1971, o município de Duque de Caxias, com cerca de 310 mil habitantes (contra 123 mil do vizinho Nilópolis), possuía 135 estabelecimentos de ensino primário e 15 de ensino secundário (contra, respectivamente, 64 e 14 de Nilópolis), sendo cinco de ensino comercial. Já tinha grandes indústrias, entre elas a refinaria da Petrobrás, dando emprego a cerca de 20 mil pessoas, e alguns bens tombados como patrimônio histórico e artístico nacional, como a igreja de N.S. do Pilar. Nesse ano, então, com a Beija-Flor de Nilópolis já preparando o voo que a levaria ao infinito, ilustres membros da boa sociedade caxiense convenceram os sambistas a unir as quatro pequenas escolas numa só, a Escola de Samba Grande Rio, que adotou as cores azul, vermelho e branco e se estabeleceu na rua Dr. Manuel Teles.

Mas a participação caxiense, ao contrário da nilopolitana, no carnaval carioca continuava tímida e discreta. Até que, emulando a Beija-Flor que, a partir de 1976, conseguira projetar nacionalmente o nome de seu então obscuro município, a Grande Rio mudava suas cores e, talvez evocando o verde da Capricho e o vermelho da São Luiz, transformava-se em 1988 na tricolor Acadêmicos do Grande Rio, com sede na avenida Almirante Barroso.

Em apenas 16 anos a caçula das superescolas virou "celebridade". E passou a ser a principal escola dos famosos da televisão. E, hoje, sob a batuta do antiortográfico "Joãosinho" Trinta, tem carro alegórico figurando posições do Kama-Sutra, abre-alas com Eva e Adão fazendo saliência e até saias de baianas com coxas se engalfinhando nas mais antigas das posições.

Daqui a alguns anos, então, a frase chavão "eu sou Grande Rio desde criancinha" é capaz de ser substituída por essa aqui, ó: "Eu saio na escola desde os Anos Trinta. Quando a Grande Rio fazia criancinha".

De minha parte, só me resta tomar essa Belco morna e comer esse torresmo vencido aqui no Meu Lote. Carnaval é assim mesmo... Evoé, Momo! Saravá, Baco! Bom carnaval pra todos!

BOLOLÔ EM CURURUPU

Cururupu é cidade e município da zona do litoral norte do Maranhão, estado de graça da minha querida Alcione, a "marrona" (cheia de marra, no bom sentido – e porque pode), e dista 470 km da capital, na ilha de São Luís. Pois saibam Vossas Excelências que, na década de 1970, Cururupu tinha 74 estabelecimentos de ensino primário e apenas 2 de ensino secundário. O povo de lá criava porco, pescava, trabalhava nas salinas, extraía babaçu e plantava mandioca pra fazer farinha e comer. Mas em 1974 nasceram 2.326 criancinhas lá, todas vivas (em Codó, outro município maranhense, nasceram mais, porém os natimortos foram 7), prova de que a rapaziada lá... Mas esses são dados de 1974, que a minha enciclopédia está vencida!
    E esse caô maranhense, de bigodão e jaquetão, saibam Vossas Excelências que é pra contar uma historinha muito engraçada, que me trouxe agora, fresquinha, o meu amigo de infância Gilberto Nascimento, colega da Escola Mauá e frequentador deste nosso Lote. Toca, Gilberto!
    "Nei: Saiba que VOCÊ foi o causador involuntário do maior sururu em Cururupu. Leleco, também meu amigo de infância, contou-me, neste final de semana, a historinha que se segue e eu ri às pampas. Ele conta que nas estradas de acesso a Cururupu muitas placas de trânsito avisam: "Cuidado! Caranguejos na pista". Pode? Pode.

Pois bem: corria o ano de 1992 e Leleco, ou melhor, o Comandante Indalécio, como era lá conhecido, aposentado da Marinha Mercante, carioca, "figura de proa da alta sociedade cururupuense", casado com Dona Graça, oriunda do lugar, vivia seus dias semi-paradisíacos. Bem, o Leleco, a uma semana do carnaval, em cima de uma escada, envernizando o madeirame da varanda, ouvia tranquilamente um LP: "Os melhores sambas-enredos do carnaval de 1977 (RJ)". Nisso, uma sua empregada grita:
– Ô comandante! Esse samba, o tal de "Sacode Bem", é da Escola "Aspirante do Samba".
– É mesmo? Vamos apurar. – responde Leleco

Ligou o telefone e colocou o presidente da Escola em que desfilava, "Águia do Samba", para ouvir a gravação. Bum! O samba era o mesmo. Bafafá formado. Um tal de Nei Lopes era o autor, no Rio, daquele samba bom pra cabeça, pois o tema da "Aspirante" era Cachaça. (Fui ainda informado que naquela época cerca de 200 ônibus partiam de São Luis para o carnaval de Cururupu).

A desculpa veio: um tal de Rubinho alegou ter sido autorizado (claro que "agá") pelo Nei Lopes para divulgar o samba. Carnaval a pique. Solução encontrada: não haveria disputa, todos desfilariam sem mágoas ou dissabores. O samba não podia tirar nota zero, era bom demais pra não ser cantado (apesar de injustamente ter sido segundo lugar no Salgueiro). Leleco, ainda foi acusado: "Forasteiro! Quer é acabar com o carnaval de Cururupu!". Só faltou levar porrada. Mas, ao passar o carnaval, foi entrevistado por repórter do jornal O Imparcial.

Primeira página: "Carioca atento. Plágio etc". Foi um desbunde.

* * *

Essa historinha do Gilberto é duca! E o "Sacode Bem" está realmente gravado, por mim, no já citado LP, lançado pela RCA em 1977. Na cola do sucesso do "Estrela de Madureira", do Império, samba perdedor de 1975 que, na voz de Roberto Ribeiro, fez muito mais sucesso que o vitorioso, a gravadora resolveu investir no filão. Meu samba, em parceria com Tuna e João Laurindo foi pra final do enredo "Do Cauim ao Efó, com Moça Branca Branquinha". Mas como o enredo era sobre cachaça, como disse o Gilberto, ganhou o saudoso Geraldo Babão, que tinha muito mais conhecimento do que eu. De birinaite e de samba.

MORRENDO DE SAUDADE

OH, TEMPOS... OH, SABORES!

Na década de 1970, no samba e no Rio, o "pega-pra-capá" cervejal era estupidamente polarizado entre as marcas Antarctica (já sem a Faixa Azul e a Portuguesa, ahhh...) e Brahma. Só que esta era tida pela rapaziada como a cerveja dos coroas, os quais replicavam dizendo que a outra era cerveja de otário e até, num extremo, daquela categoria masculina que na Bahia se classifica como "falso ao corpo".

Mas aí a paulista Antarctica caiu dentro e lançou como seu garoto-propaganda o velho e insuspeito Adoniran Barbosa, com aquela voz rouca, perguntando: "Nos *vinhemo* aqui pra bebê ou pra *conversá*?"

Embora nem otário nem muito menos falso às minhas mais arraigadas convicções, eu preferia Antarctica. Tanto que no meu aniversário de 33 anos, em 1975, meu compadre Celso Pavão me deu de presente um samba que dizia assim (ré maior!):

"A grande companhia do sambista / é a Antarctica paulista / Salve o Nei e o Adoniran / Brahma quando desce, dói, machuca / é cerveja de sinuca / pé-sujo e Maracanã / Glória ao sambista cervejeiro / compositor do Salgueiro / na idade de Jesus / Deus o livre de ressaca, cirrose e de bode / sempre com muitos pagodes / e os caminhos cheios de luz".

Pois é... No meu paladar, cerveja é uma questão de gosto – que no caso ora em tela não dá nem pra discutir. Com relação aos aspectos nocivos à saúde desse hábito tão arraigado no mundo do samba, confesso que prefiro uma cerveja que me faça mal no dia seguinte a outra que já me dificulte, mesmo sóbrio, até pronunciar seu nome. E se a questão é de "ética", nesse contexto a única palavra que combina é "antártica". Pelo menos na acentuação tônica.

ENTRE A ABSTENÇÃO E A ABSTINÊNCIA

Chego à seção eleitoral e encontro o mesário de chinelo, bermuda e camiseta, com o pé em cima da mesa e tomando uma Schin pelo gargalo. Absurdo! Tempo bom era quando a gente, pra votar, tinha que botar paletó e gravata. E não podia nem pensar em tomar umazinha.

Só que, como tudo o que é proibido e mais gostoso, a gente só pensava naquilo, bem geladinho e na pressão. Aí, armavam-se esquemas e táticas mirabolantes, dignas de guerrilha, como esconder as ampolas num isopor dentro da banca de jornal, montar um bunker nos fundos da quitanda, botar conhaque na garrafa de coca-cola e tomar de canudinho...

Dia de eleição era dia de confraternização. E de farra, portanto. Porque era aí que a gente encontrava os amigos de infância (o Clarimundo, por exemplo, estudou comigo no 3º ano primário e era um cara que eu só via na eleição, mulato sério, posudo, presidente da mesa – abstêmio, claro!).

Lembro de uma em que, ali por volta de 1981, 1982 (tempos difíceis, de definições existenciais), eu resolvi ir pra esbórnia de véspera, até meia-noite. Mas a barra foi pesada. E, aí, na boca da urna, o cérebro não comandou a mão direita, Brizola quase que perde o voto e a prova ficou lá, naquele garrancho vergonhoso, à guisa de assinatura.

Mas isso é vida. E História. Por isso é que hoje, entre a abstenção e abstinência, cumpro meu dever de cidadão moderadamente.

Ergo minha tulipa, na pressão, em memória de todos aqueles que tombaram no cumprimento do dever cínico – Lobinho, Julio Jornaleiro, Gil do Cais, Hudson, Tourinho, Jarrão, Gilmair... Descansem em paz!

BANHO DE MAR À FANTASIA

Até a primeira metade dos anos 1980, lembra *O Globo* em suas memórias de 80 anos, um grande evento do samba eram os "banhos de mar à fantasia". Em 1982, participei de um, defendendo as sungas e maiôs dos Independentes do Morro do Pinto, ao lado da Sonia e com Neizinho já dando uns telecos no tamborim.

Era bom o banho, os blocos com aqueles nomes engraçados: Eles que Digam, Bafo do Bode, Fala Meu Louro, Coração das Meninas... Era demais! Assim como era interessante, também o Festival de Favelas, onde as "comunidades" trocavam rimas e acordes entre si, em sambas caprichados, valendo troféus e uma graninha.

Lendo a matéria de *O Globo*, fiquei imaginando como seria o "banho de mar" agora. Quem sabe a Riotur não faz renascer a festa? Quem sabe, no Posto Nove, num domingo ensolarado do próximo verão?

Estou até vendo a concentração, numa animação só. Olhem só a escalação, por ordem de desfile:

"Quebra-Galho da Mangueira", "Chucrute do Alemão", "Angu da Mineira", "Vaidade do Pavãozinho", "Incidente de Antares", "Dondon do Andaraí", "Rabo do Macaco", "Pavio do Fogueteiro", "Divinos da Providência", "Alvorada do Cantagalo", "Granfinos do Fubá", "Bye-Bye do Adeus", "Falsidade do Juramento", "Juventude da Coroa"...

Chego inclusive a ouvir, num samba, a homenagem a Edu Lobo e Elis Regina: "Ê, tem jangada no mar...".

Ia ser um bocado animado!

REMINISCÊNCIAS CARNAVALESCAS – 1

Segunda-feira de carnaval, 1965. O Velhote, ainda um frangote de 22 aninhos, sai pelas ruas de Irajá, em direção ao coreto, desfilando a belíssima fantasia da Ala dos Significantes, com que, nem melhor nem pior, arrebentara naquele memorável carnaval do 4º Centenário do Rio.

Na esquina de Coronel Vieira, berço do Urubu Cheiroso e outros aromas, encontra um colega imperiano, também devidamente fantasiado. Os dois se dirigem ao Moreira, para uma cerveja, quando chega um cuiqueiro portelense, também colega, e se incorpora ao grupo. Puxa, vida! Só falta um mangueirense, pra completar o quarteto que se revezava, sempre, até meados dos 1970, nos primeiros lugares da grande parada do samba.

Cerveja vai, cerveja vem, eis que aparece, abalando a rua Cisplatina e adjacências um Ford bigode, de capota arriada, trazendo como alegoria viva uma senhora boneca ("senhora", nos dois sentidos: bem fantasiada e bem coroa) que saía de baiana nos Aprendizes de Lucas.

Do alto de seu alegórico fordeco, a boneca fez psiu. – É comigo? Eu hein, Rosa!? – muxoxou o portelense, naqueles tempos politicamente incorretos em que crioulo bicha era logo internado no Engenho de Dentro. Entretanto, nós, paladinos dos direitos civis das minorias e arrostando todo e qualquer preconceito de gênero, classe ou etnia, fomos lá ver do que se tratava.

Tratava-se de uma proposta de trabalho, a troco de umas cervejas a mais. A boneca queria que a gente subisse no estribo do calhambeque pra dar uma volta pelo centro de Irajá, saudando o povo, o comércio, a imprensa escrita, falada e televisada e o vereador José Machado Wanderley (ou era – socorro, Gilberto – o Doutor Geraldo?), o cacique local.

Foi um sucesso o desfile. E, dali, devidamente consagrado e encervejado, despedimo-nos da boneca e dos colegas e rumamos pra Madureira a fim de pegar o Saenz Peña (hoje 638), que nos levaria para os braços da nossa, digamos, comunidade salgueirense.

Nossa fantasia alvirrubra causava espécie, naquele reduto verde ou azul escuro. Foi quando um coroa, com cara de especialista, chegou-se pra nós e perguntou:

– Por favor, meu jovem, que escola é essa?

Peito inflado, ainda sob o impacto do tremendo desfile da véspera, quando bisamos o "Chica da Silva" de dois anos antes, enchemos a boca, orgulhosos:

– ACADÊMICOS DO SALGUEIRO!

E aí o "especialista", tão entendido quanto quase todos os jurados de hoje em dia, ajeitou os óculos e mandou a análise abalisadíssima, de expert mesmo, com vistas ao resultado que sairia na quarta-feira:

– Vocês vieram muito bem. Mas precisam ter cuidado é com o Bafo da Onça...

REMINISCÊNCIAS CARNAVALESCAS – 2

Quem por acaso folhear a história dos desfiles salgueirenses, verá, no ano de 1967, quase chegando o AI-5, nossa escola cantando a saga dos que lutaram pela liberdade neste sofrido País. E vai ver, colocado lá na divisa entre o Brasil imperial e o republicano – não sabemos se devida ou indevidamente –, a figura amulatada de Deodoro, marechal cuja memória hoje quase que se restringe à placa na estação onde se bifurcam os trilhos da Central, em direção, respectivamente, ao Matadouro e a Paracambi.

Nesse heroico desfile, a certa altura, o longo samba assinado por Aurinho da Ilha (segundo algumas versões, não comprovadas, também de autoria do legendário Didi Baeta Neves), depois de um verso genialmente sintético ("... a Manuel, o Bequimão / que no Maranhão / fez aquilo tudo que ele fez") cantava: "Oba, lararararara! Oba, lararararara!". E, nesse refrão, Deodoro, vestindo impecável farda alvirrubra, brandia a espada, no ritmo, personificado pelo famoso locutor turfista Heitor de Lima e Silva, o popular "Bolonha".

Bolonha, como se vê pelo sobrenome, era descendente em linha direta do heroico Duque de Caxias. E a espada, de verdade e pertencente ao ilustre ancestral, Bolonha, segundo um dia nos contou, tinha levado de casa, do museu familiar, para dar mais autenticidade à cena que representou.

Imaginem, visitantes do Lote: Deodoro-Bolonha brandindo a espada autêntica, a verdadeira (ou seria uma estepe, sobressalente?), de Luiz Alves de Lima e Silva, o popular Caxias.

E o alto-falante, galopando: "Foi dada a partida para o grande páreo das escolas de samba! Lá vai Deodoro, espada em riste, montando Salgueiro pela raia esquerda da Presidente Vargas, passa Rio Branco, Miguel Couto, Andradas, Conceição, Avenida Passos, Regente Feijó, Tomé de Souza... e cruzam o disco final".

Pule de dez? Que nada! Deu Mangueira em primeiro, montada por Monteiro Lobato; Império em segundo, cavalgado por São Paulo, Chapadão de Glórias (na garupa, o saudoso Evandro de Castro Lima, fantasiado de Gêngis Khan – lembra, Haroldo Costa?); e nossa Academia em terceiro.

Mas o Bolonha era espada! E não era nada "Caxias".

REMINISCÊNCIAS CARNAVALESCAS – 3

Era de manhã. Domingo de carnaval. O bloco vinha lá do Beco da Coruja – cafundó da pesada que a urbanização e a especulação imobiliária transformaram no bairro Vista Alegre. Bloco de sujo. A bateria invocada, cadenciada, chocalhada (ah, mamãe!), tamborinada. E as comadres e meninas cantando lá em cima, naquelas regiões sonoras improváveis. Devem ter parado no depósito do Zeca, pra molhar o bico, sem perder o ritmo e entrado na Gustavo de Andrade, dobrado à direita na "rua do Poço" (Félix Pereira). Subiram a Pau-Ferro, passaram na esquina da Vendinha, chegaram no nosso portão, pra receber a emoção de um moleque de 8 ou 9 anos – que quase meio século depois se tornaria o Velhote do Lote, apreciador do que é bom e verdadeiro, venha de onde vier. E foram embora pra "Estação".

O samba era lindo, muito lindo. Não era do bloco, era do Rádio. E a voz da Dona Vitória, avó do Afinha, uma negra velha já de uns 70 anos, papuda, portadora do que hoje sabemos chamar-se bócio endêmico, vibrava no ar, uma oitava abaixo do coral das meninas e comadres:

"Chorar como eu chorei / Ninguém deve chorar / Amar como eu amei / Ninguém deve amar / Chorava que dava pena / Por amor a Madalena / E ela me abandonou / Diminuindo no jardim / Uma linda flor...".

Tremendo samba. Típico dos antigos terreiros. Assinado por Airton Amorim e Ari Macedo. E, na interpretação de Linda Batista, foi um dos grandes sucessos do carnaval de 1951.

* * *

Passados muitos anos, o Velhote ouve o velho samba, em ritmo de *són* ("salsa" é coisa de portorriquenho) na voz de Oscar D'León. E, ao checar na ficha técnica, vê uma autoria estranha. Passa mais tempo, num CD cubano de rumbas tradicionais, lá está a mesma Madalena gravada como obra de domínio público. E, sábado passado, aqui no Lote, no 1º FESTINTERMUSOP (quem veio, sabe o que foi e como foi), na hora que Doceu riscou o ré menor na viola, e a mala do ritmo entrou quebrando e chocalhando tudo, o Velhote mandou, de picardia, o velho samba, de olho na Ala Cubana da casa.

Ah, menino! Nem te conto. Os amigos habaneros largaram os charutos e caíram dentro, cantando em espanhol e depois comentando que Madalena era una rumba *muy antígua, del tiempo de Senseribó.*

Airton Amorim de Macedo, o primeiro autor, vejo aqui na Enciclopédia da Música, nasceu em Maceió em 1921 e veio criança ainda para o Rio, tornando-se conhecido como discotecário nas rádios Cruzeiro do Sul, Eldorado, Mundial e Tamoio.

* * *

Discotecário ouve muito disco; da mesma forma que, no universo autoral internacional, compositor tem que andar com a bunda encostada na parede. Assim, não sabemos quem garfou ou foi garfado. Mesmo porque o que nos interessa nessa reminiscência é apenas lembrar a velha Vitória, de papo e tudo, abrindo o gogó nesse samba-rumba antológico. Domingo de manhã, o bloco subindo a rua, vindo lá do Beco da Coruja...

VENDO A VILA CAMPEÃ, LEMBRANDO JARRÃO

Em 1982, iniciando uma nova fase em nossa vida, realizávamos o sonho de levar uma vida tranquila numa casa de vila em Vila Isabel. A gente já era do bairro havia muito tempo. Mas éramos, como inúmeras outras pessoas, daqueles vilisabelenses de fim de semana.

Mas aí, naquele final de 82, conquistávamos a vila da Vila. Foi um tempo de altos pagodes! Tempo em que a Vila só era um pouco esquecida no carnaval, quando envergávamos os trajes alvirrubros da escola da vizinhança – que também era "de casa", pois Seu China, o grande fundador da escola de Paulo Brasão, e depois Martinho viera de lá, do legendário Morro do Salgueiro.

Noel Rosa gostava do Salgueiro – taí João Máximo que não me deixa mentir –, onde tinha parceiros como Canuto e Antenor Gargalhada. E, mesmo Martinho, quando botava pilha na gente, tentando seduzir para trocar de escola, ele o fazia com reverência à então grande campeã tijucana. Até que veio 1988.

Ruça e Martinho nos chamaram e nós fomos. Era uma festa. Uma "kizomba". E era só chegar bonito, bem vestido e participar do banquete ambulante, cantando, dançando, comendo, bebendo e curtindo. Foi muito bom! Muito melhor do que ter saído na véspera, com uma roupa toda dourada, dos pés à cabeça, na comissão de frente do enredo salgueirense "Em Busca do Ouro" – belo traje, de fraque, cartola e bengalinha, que, aliás, foi, depois, solenemente doado ao Professor Leony, o mágico profissional da rua Jorge Rugde.

No ano seguinte, nos desligávamos do Salgueiro e a Vila nos recebia de braços abertos. E isso, num concurso de temas para o carnaval de 1991, no qual apresentamos com sucesso "Luiz Peixoto: E Tome Polca!", desenvolvido, sem tanto sucesso assim, pelo carnavalesco Ilvamar Magalhães. Não que o Ilvamar não tivesse talento. Muito pelo contrário! Mas a situação da escola era complicada e viemos em 11º lugar.

Em 1992, criávamos, com o Departamento Cultural, "A Vila Vê o Ovo e Põe Às Claras", ousado enredo sobre a presença africana nas Américas antes de Colombo, baseado em teses afrocentristas de respeito e bem desenvolvido pelo carnavalesco Gil Ricon. Mas a escola tinha ainda mais problemas e caiu para o 12º lugar.

Ainda no Departamento Cultural, mas com a escola já mais bem organizada, ajudamos na pesquisa do enredo de 1994. E tivemos a honra de criar o quilométrico título que a Vila levou para a avenida, naquele enredo autorreferente: "Muito Prazer! Isabel de Bragança e Drummond Rosa da Silva... mas pode me chamar de Vila".

O enredo foi desenvolvido pelo experiente Oswaldo Jardim e a escola deu uma boa melhorada. Principalmente pelo samba, que pela primeira vez levava a assinatura do jovem André Diniz, que a partir daí se tornaria conhecido. E a Vila chegou em 9º lugar.

Então, demos uma parada. Para uma recaída em 99. E a desaceleração geral logo depois. Aqui no Lote.

* * *

Vila Isabel, hoje, vai ficando cada vez mais distante. Mas os pagodes e carnavais no Corre pra Sombra, no Fogo no Tacho, na Cachopa, no Costa, no Zeca's nunca serão esquecidos. Foram grandes anos de nossas vidas! Com Juca, Inaldo, Jucelino, Chico Banerj, Osvaldo Funéreo, Maria Helena Pimenta... Com Agrião, Bazinho, Carlinhos Sete Cordas, Balica, Vavá, Dunga, Gaúcho, Lota, Paulinho da Aba, Tonelada, Trambique, Pecê... Com o pessoal do Sorri Pra mim, do Renascença e do Vila, o clube... Com toda essa gente boa hoje comemorando o merecido campeonato conquistado pela escola do bairro de Noel nesse carnaval de 2006.

Bebemorando um título que nós, se tivéssemos autoridade para tal, dedicaríamos à memória de um grande amigo, ausente há uns dois anos.

Chamava-se Aluísio Ramalho dos Santos, tinha o apelido de "Jarrão", saía na Velha Guarda, e era um dos mais aguerridos componentes da Escola.

Viva a Vila Campeã! Um brinde à memória do Jarrão!

SARITA, LA VIOLETERA, Y YO

Por um desses acasos da pesada, o Velhote aqui dá de cara, numa loja de CDs do edifício Menezes Cortes, com um DVD chamado "Samba". Trata-se de "um filme que celebra toda a sensualidade e alegria do samba carioca, com a belíssima atriz e intérprete Sara (na intimidade, Sarita) Montiel", celebrizada como La Violetera.

O filme, mistura de dramalhão mexicano ou espanhol com chanchada carioca, conta a história de um nobre bilionário, descendente do legendário contratador de diamantes João Fernandes de Oliveira, morador de um tremendo palácio em Petrópolis e loucamente apaixonado pela cantora Laura.

Na primeira cena do filme, ele sobe a suntuosa escadaria do Municipal, chega ao balcão – nobre como ele – e a vê, cantando, de vestido de suarê – claro! – o samba-canção "Caminhemos", do Herivelto, numa versão em espanhol (talvez de autoria do Juan Carlos, viu, Doutor Garcez?). Fica puto, louco de ciúmes, pois Laura canta pra ele, tipo "tô fora", porque tem um caso com o personagem vivido pelo ator Carlos Alberto (lembram, aquele da Yoná?) que observa a interpretação, todo prosa, da coxia. Mas Laura tomba morta, em pleno palco, depois dos delirantes aplausos da seleta plateia, com três tiros desfechados, num tresloucado gesto, pelo nobre milionário, tomado de violenta emoção.

Acontece que Laura tem uma sósia perfeita, moradora de um bucólico e sossegado morro da Tijuca, chamado Salgueiro. Uma sósia, que, por incrível que pareça, chama-se Belén, namora um pé-rapado e tem uma avó macumbeira, que fuma cachimbo.

Mas o caso é que o nobre, depois de matar Laura, pira. E, esquecendo que ela morreu, resolve transformá-la numa nova Xica da Silva, e toca de procurá-la.

Seus capangas acham Belén e armam uma jogada: sabem que a escola do morro do Salgueiro vai sair com esse enredo, então resolvem comprá-la (a escola) impondo Belén como a interprete da Xica na avenida, em troca de muitas verdinhas.

Por trás dessa armação, entretanto, existe outra: os bandidos querem se servir da Xica e da escola para levarem para a Europa, onde estão armando um desfile, um vultoso contrabando de pedras preciosas, naturais de Diamantina, que serão as substitutas das pedras de araque que Xica e seu séquito vão levar nas fantasias.

Mas tudo se frustra, graças a São Sebastião, nosso padrinho, em nome da lei, da ordem, da moral e da disciplina salgueirenses.

Mas o melhor de tudo, nesse samba do cinegrafista doido, é que, em meio a números musicais em que Sarita, gostosona, canta "Copacabana", do alto do Corcovado; "Isso aqui o que é", entre iaôs e capoeiristas na Bahia; "Aquarela do Brasil", saindo do mar vestida de Iemanjá etc., aparecem varias cenas no velho morro do Salgueiro, no ano de 1963 ou 64.

Voltamos a ver, então, a sede e o terreiro onde a escola ensaiava, o barracão de madeira, branco com ripinhas vermelhas onde a diretoria se reunia, lá em cima na rua Potengi nº 80. E revimos, novinhas em folha, figuras como o grande líder Casemiro Calça Larga; Bira e Ernesto, diretores de bateria; Arlindo Bigode, passista, que depois foi um dos Originais do Samba; Tia Zezé e Tia Neném, saudosas baianas; Osmar Valença... E vimos Ciro Monteiro, como presidente dos Acadêmicos, Grande Otelo, Zeni Pereira... E vimos a cena final, do desfile da escola, cantando Chica (ou Xica) da Silva, filmada ali na rua da Imprensa, entre o prédio do MEC e do MTPS, numa noite de um dia útil, se não nos falha a memória.

Por incrível que pareça, senhores, nós estávamos lá, apesar de não possuirmos grande beleza. E só não aparecemos no filme porque a coisa foi se arrastando, se arrastando, naqueles "claquete!", "ação!", "corta!". Aí, nós, de fantasia e tudo, fomos saindo de fininho, que amanhã era dia de branco e os simpáticos lusitanos da fábrica de sabão, embora conterrâneos do João Fernandes, não eram muito chegados ao samba, mesmo o da escola campeã daquele ano, nem à Sétima Arte. E o cartão de ponto (créu) comia solto.

Então, já viu né!? *La Violetera* hoje é apenas um DVD na minha tela. E a saudade dói, dói, dói...

"AQUELES RAPAZES QUE DANÇAM"

Vejo no jornal a foto do roqueiro ruivão, barbudão, cara de mau, de autodeclarados 1,90m de altura e 120 kg de peso. Toca num grupo de rock-pesado chamado Matanza e seu nome artístico é Jimmy London.

O sobrenome é o mesmo de um velho e hoje distante amigo, o Jack, em cuja casa, parece que no Leblon, uma noite, lá pelos anos 70, fui protagonista de uma cena cinematográfica.

Era uma reuniãozinha daquelas paz-e-amor-e-bossa-nova, todo mundo relaxadão nas almofadas, beliscando um amendoinzinho, bebendo um negocinho e levando um papo cabeça, com um sonzinho em BG. Aquela semissonolência, sabe cumequié, né?

De repentemente, rola na eletrola (epa, Dondon na área!) – que eu ouvia mais do que o papo – um *dixieland* invocado, daqueles de filme de gangster tipo "A Taberna Maldita". Aí, comunicando-nos apenas através das ondas etílicas que tínhamos posto na cuca, a partir do Melindrosa (ali ao lado do Ópera) desde o finzinho da tarde, eis que eu e meu indômito parceiro Bebé da Vila erguemo-nos, num salto só, em movimentos perfeitamente sincronizados e, qual dois Nicholas Brothers em branco e preto, executamos nosso surpreendente número de sapateado, nosso tap-dance – mais tap do que dance, diga-se de passagem.

O filho do anfitrião, de uns 7 ou 8 anos, cabelo cor de cenoura, óclinhos redondos, um woodyallenzinho em potencial, nos analisava estático, queixo apoiado na mão, sem dizer uma só palavra e sem expressar nenhum sentimento.

Dias depois, o Jack nos contava o pedido do moleque quando perguntado sobre o que queria de presente, no aniversário próximo:

– Quero aqueles rapazes que dançam – teria dito ele, se é que o Jack, criativo sempre, não inventou essa história para nos agradar.

Vendo hoje a foto do roqueiro, de nome civil Bruno London, com cara de mau, mas parecidíssimo com o pai, um tremendo boa-praça, lembrei dessa historinha de 30 anos atrás. Mas o moleque não deve ser ele. Deve ser o irmão mais velho. Que hoje parece que cuida de *e-books*, livrarias virtuais e certamente não se lembra mais daqueles cyber sapateadores, cheios de gigabaites líquidos na ideia. *Tap-dancers* de araque! Que seu irmão roqueiro, cara de mau, ainda bem que não teve a chance de ver dançar.

SAUDADE, PALAVRA CRUZADA
(Da série "Os que fizeram minha cabeça")

Na época da saudosa Escola Técnica Visconde de Mauá, tínhamos lá um colega, o Sebastião Mamede de Sant'Ana, que era cruzadista. Mesmo! Desses de criar problemas de palavras cruzadas (que os boleros cubanos chamam crucigramas) e outros tipos de enigmas, desenhando-os primorosamente a nanquim, em papel vergê, para publicá-los, sob o pseudônimo anagramático "Samedant", nas revistas especializadas.

Tião Mamede, crioulinho baixinho, troncudo e bacana, inoculou em mim, com meus 13 anos, o vírus do cruzadismo. E foi esse vírus, aliado a outro forte sentimento que me acompanha desde a primeira juventude (estou vivendo a segunda), que me fez há uns dois ou três anos atrás reclamar ao editor do caderno de variedades de um jornalão carioca contra a inclusão, na seção de palavras cruzadas, de conceitos como "prática de feitiçaria dos negros" ou "cheiro desagradável da pele dos negros" (cf. Cândido de Figueiredo), para definir, por exemplo, "candomblé" e "catinga".

O responsável pela seção era alguém com sobrenome que me soava como antigo e lusitano. E seus conceitos reproduziam ideias que ainda andam por aí, nos dicionários mais velhos, como o citado no parágrafo acima. Mas o importante é que o editor, mal ou bem, não só anotou as reclamações como me respondeu, embora secamente, e o fato nunca mais se repetiu.

Cruzadista incorrigível, constato agora que os jornais das grandes cidades brasileiras, quase sem exceção, dispensaram seus colunistas especializados nesse saudável tipo de passatempo e passaram todos a comprar problemas de palavras cruzadas numa mesma fonte editorial. Coisa de "mercado", custo-benefício, eu sei... Mas ficou chato.

Regras antigas são agora quebradas, a simetria dos quadros não é mais obrigatória, não há mais casas vazias, palavras são escritas da frente pra trás, privilegiam-se conceitos da cultura de massa e termos do inglês americano. E, aí – exceção feita para a tradicional revista Recreativa –, a informação que nos enriquecia o vocabulário vai por água abaixo.

Pois é... Foi-se, então, o tempo em que caixeiro viajante era "ALABAMA", vendedor de fazendas era "FANQUEIRO", "ROQUEIRO" era quem morava em cima de rocha... E "GALERA" era apenas uma embarcação.

Saudade do Sílvio Alves, do Santos Alves, do meu amigo Samedant!...

"CARIOCAÇAMBA"
– Uma Orquestra Carioca de Samba
(Em homenagem a Ruy Quaresma, que acreditou na ideia do "Partido ao Cubo").

Música sem dança, já ensinava minha tia-avó Rosária, partideira centenária, é como chupar bala sem tirar o papel fino – pra não dar outro exemplo mais íntimo. Pode ser mais seguro, mais correto, mas não é bom, não! Ouvir música como simples deleite da alma é, para nós aqui do Lote, mais uma imposição da civilização cristã ocidental. Porque o corpo também gosta de música. E como gosta! Talvez mais que a al ma! E vem daí o impasse em que se colocou uma certa música popular brasileira, hoje conhecida como MPB, principalmente desde a bossa nova e, agora, mais ainda com os fundamentalistas do chamado "samba de raiz". Surgida, como se dizia, para renovar esteticamente o quadro da música urbana de consumo de massas, saturado, então, de rocks, bolerões e cha-cha-chás (músicas eminentemente dançantes), a bossa nova acabou por instituir o intimismo, a contemplação, a não-participação, o banquinho e violão. Paradoxalmente, entretanto, o estilo acabou por propiciar o surgimento, ou a disseminação reativa, de pequenos conjuntos orquestrais cultores do samba então chamado de "balanço" (diferente do "samba-jazz"), já dentro da nova divisão rítmica.

São dessa época grupos como os de Ed Lincoln (o mais bem-sucedido de todos), Walter Wanderley, Steve Bernard, etc., onde se notava a utilização primordial dos teclados eletrônicos como instrumento de samba – o que já se conhecia através dos "solovox" de Djalma Ferreira e Waldir Calmon.

Data também dessa época o sucesso de cantores como Miltinho, Pedrinho Rodrigues, Sílvio César, Orlann Divo e outros, todos oriundos da condição de *crooners*, garantia de cancha, bossa e malandragem sambística.

Com a Era dos Festivais, o divórcio entre música e dança atingiu extremos – como aquelas músicas "universitárias", chatinhas que doía –, salvando-se, ali e acolá, um ou outro exemplo de balanço jovem e renovado.

Na contramão, entretanto, pelo menos desde a bossa nova, os subúrbios cariocas sempre deram de graça, aos estudiosos, provas eloquentes de que a celebração da vida, através da dança e do canto, espontâneos e coletivos, continua firme e forte. Que o digam os frequentadores dos bailes de grupos tão bons quanto estranhos ao mundo da música massificada como Devaneios, Brasil Show, Charme, Channel, Copa Sete – grupos que interpretavam (não sei se permanecem), sim, os obrigatórios sucessos das paradas; mas botavam fogo na "fundanga" era com... samba!

Esses bailes frequentemente tomavam caráter de verdadeiros campeonatos de samba com par enlaçado – o chamado "samba de gafieira". E, aí, conjugando os antigos puladinho, cruzado, pião, cobrinha (este, tão antigo quanto o maxixe), citações de tango etc., os pares realizavam prodígios nos salões. Até pelo menos a década de 1980, quando de nossa aposentadoria compulsória.

* * *

O perene sucesso internacional da música afro-cubana vem daí: da não dissociação entre dança e música. Agora mesmo, ouvindo dois CDs do moderníssimo grupo Cubanismo, constato isso. E proponho:

Que tal, senhores músicos, arranjadores e regentes, meter lá um projeto na Petrobrás para criação de uma "Cariocaçamba", uma orquestra típica carioca, de samba? A nossa multinacional do petróleo já apoia orquestras de cordas. E... onde vão as cordas...

Para formar o grupo, pega-se os fundamentais piano, baixo e bateria; adiciona-se trombone, piston e saxes a gosto; mete-se lá, agora, um violão e um cavaquinho; e incrementa-se o molho com pandeiro, surdo, tantan, repique de baqueta, chocalhos de platinelas... e pronto!

O repertório? Já está todo aí! Os arranjos? Vejam-se os de Severino Araújo, Humberto Idem, Moacir Santos, K-Ximbinho etc., etc., etc.

Aí, a gente solta os bichos! Vamos ver se alguém fica parado! E vamos ver quem vai dizer que moderno é o rock, que samba é coisa de crioulo velho.

Atrás de um samba desses, major, até as *majors* vão atrás!

PAULINHO, VOCÊ NÃO
PRECISA PEDIR LICENÇA!

"Em primeiro lugar, é bom lembrar que o iê-iê-iê foi um dos mais indigentes movimentos musicais da história do mundo. Acho absurdo um músico egresso desse movimento dar qualquer tipo de opinião sobre a obra de Chico Buarque, Caetano Veloso, Djavan, Cartola, Martinho da Vila e outros. Acho que eles são colocados nesses postos de direção para serem talvez mais manipuláveis pelo big boss lá de fora." (Paulinho Albuquerque, Direitos Já, jornal da AMAR, nov-dez. 1998, sobre alguns executivos de gravadoras)

* * *

Duvido que alguém aí na plateia possua uma coleção de bonés do "Meyer, The Hatter", de New Orleans, como a que eu tenho! E que haja um sambista de escola de samba aí que seja parceiro de Fatima Guedes, Guinga, João Bosco, Zé Renato, maestro Moacir Santos, e já tenha cantado em dupla com o Chico e sido gravado por ele, por Djavan, Ed Motta, Gil, Milton, etc.!
    Duvide-o-dó que alguém aí já tenha roteirizado e apresentado um show no CCBB, mostrando o que vai nas escolas além do samba – e que já tenha ciscado naquele palco de excelência

as diversas formas de samba que cultivamos! Duvido, mais, que algum de vocês aí já tenha feito um CD cantando seus próprios sambas junto com as maiores estrelas (mesmo) da verdadeira música popular brasileira. E tenha gravado um vinil (que depois virou CD duplo) através de um contrato tão juridicamente perfeito que, depois de o "break-even" (estimativa ideal de vendas) não atingido, a multinacional sucessora da gravadora contratante teve que entregar as matrizes.

Duvido, finalmente, que algum de vocês aí tenha tido um amigo tão grande, carinhoso e importante quanto foi para mim Paulo Roberto Medeiros e Albuquerque, o Paulinho Albuquerque. Pois foi ele que, direta ou indiretamente, me proporcionou tudo isso aí em cima.

Paulinho é mais um guerreiro que se foi. Para ser recebido, lá na outra dimensão, por todos aqueles santos que fizeram sua cabeça, além dos amigos que foram na frente, como Lena Frias, Roberto M. Moura e tantos outros.

Aí, imagino o Paulinho entrando no Céu, com aquela cara de John Lennon, o humor inglês mascarando a timidez enrustida:

– Dá licença, São Pedro?

Só que, então, em vez de São Pedro, vem aquele monte de sambistas da antiga, de partideiros geniais, de sanfoneiros de zydeco, blueseiros, músicos das brass-bands e dos social & aid clubs de New Orleans, aquela tonga de congueiros cubanos... Aquele montão de crioulos, carinhosos e sem nenhum traço de humildade ou subserviência, abrir a porta para o bacharel e produtor musical e imenso amigo, mandando aquela de Manu Bandeira:

– Qualé, Paulinho? Você é nosso! E nunca precisou pedir licença...

O OURO NEGRO E O MASCAVADO –
Moacir Santos (1926-2006)

Quando, no início de 2001, os produtores do CD duplo *Ouro Negro* me propuseram colocar letras em 5 canções do maestro Moacir Santos, o argumento era o seguinte: ele não gostava de várias letras em inglês colocadas em suas obras, notadamente as da série Coisas, por achar que elas não traduziam sua real identidade e seu real sentimento de ser humano nascido negro, pobre, místico e nordestino. Ele queria um letrista de vivência e sensibilidade semelhantes às suas.

A sugestão de meu nome – como não poderia deixar de ser – partiu do grande e inesquecível produtor e amigo Paulinho Albuquerque (1942-2006), joia rara no falso brilhante que é o "showbizz" além-túnel. E a tarefa, aceita com o maior orgulho, consistiu em criar, a partir de um texto autobiográfico e de um CD contendo as gravações originais, cinco letras brasileiras – letras mesmo e não versões, vejam bem! – para "Make Mine Blue (*Coisa nº 8*)", "Luanne", "Quiet Carnival", "April Child" e "What's My Name?".

Mãos à obra, com muita transpiração, longe do carnaval daquele ano, enfurnado que estava, com Sonia, Luca e Olívia no bucólico Hotel Colonial, em Piraí, evocando lembranças e inspirado na autobiografia do Maestro, nasceram (além do texto que apresenta os CDs) as letras.

Moacir Santos faleceu, aos 80 anos, no último domingo, em Los Angeles, onde morava desde o final da década de 1960. Os seus 80 e os meus 64 só se encontraram fisicamente uma vez, no Teatro João Caetano, no espetáculo de apresentação do álbum, num papo de uns 15 minutos, pois o assédio a ele era grande.

Aberto o pano, na super banda formada para a gravação e a apresentação do *Ouro Negro*, chamava a atenção, lá atrás, o percussionista Marçalzinho, aparentemente o único afrodescendente na orquestra. Mas foi bom e bonito, pois todos os músicos eram excelentes. Quanto a mim, tenho certeza de que disse o que o Maestro queria dizer. E se faltou alguma coisa, vai aqui nesse texto mascavo, de um escravo da palavra.

Porque o ouro negro da grande música popular brasileira hoje, no *showbizz* a que me referi lá em cima, embora caldeado na nossa "cozinha" mascavada, é privilégio exclusivo de apetites mais requintados.

REMANDO CONTRA A MARÉ

UM POUQUINHO DE FILOSOFIA

Há já algum tempo, circula pelo Grande Rio, em para-brisas de automóveis e outros suportes, cada vez mais numerosos, uma frase intrigante – "Deus é fiel" – sobre a qual eu gostaria de refletir um pouco.

O adjetivo "fiel", segundo os dicionários, aplica-se àquele que dá mostras de lealdade, que não contraria a confiança em si depositada, que é incapaz de atraiçoar. E aí eu exponho: No meu entender, esse adjetivo expressa um julgamento e carrega um tanto de subalternidade, obediência. E acreditando, como creio, que o Ser Supremo (Olofim, Olodumarê, Olorum, Zâmbi, Mulúngu, Unkulúlu, Alá, Jeová ou que outro nome tenha) é uma Força Infinita, tão impenetrável quanto distante – tanto que a Ele em nenhuma religião se rende culto ou se fazem oferendas –, acho que Ele está completamente fora de qualquer possibilidade de julgamento ou qualificação por parte de qualquer um de nós, simples humanos.

Acho, então, que essa frase que anda por aí nos carros, "Deus é fiel", é de uma pretensão absolutamente infantil. Deus-Olofim-Zâmbi-Alá-Jeová criou o mundo e se afastou. Para longe, bem longe. Deixando em seu lugar santos, anjos, orixás, inquices, espíritos de luz, numes tutelares.

Ele é Força Infinita! Medir ou qualificar essa Infinitude? Como?

DIREITO AUTORAL... SÓ A PAU? –
Uma parábola da Belle-Époque

Antes da promulgação do Código Civil, em 1916, a remuneração dos autores, tanto de textos como de músicas, provinha da venda pura e simples de suas obras a um editor. E, no teatro, essa remuneração estava diretamente ligada ao retorno da bilheteria.

No fundamental livro *João do Rio, uma biografia* (Rio, Topbooks, 1996), o autor João Carlos Rodrigues nos conta que a compositora Chiquinha Gonzaga em 1913 já reclamava direitos autorais e que seu biografado, jornalista e dramaturgo, também conhecido pelo seu nome civil reduzido, Paulo Barreto, nesses mesmos anos 10, já peitava seus poderosos editores da Garnier, sediada em Paris.

Em 1917 – relata Rodrigues –, depois da assinatura, no Itamarati, da Convenção Franco-Brasileira de Direitos Autorais (a maioria das peças teatrais então aqui encenadas era francesa), nascia a SBAT, (Sociedade Brasileira de Autores Teatrais). Seu primeiro presidente eleito foi João do Rio, que, embora quase sempre referido como dândi e cronista superficial, adotou posições políticas bastante firmes e justificou a criação da sociedade nestes termos:

"Seu único desejo (da SBAT) é realizar o respeito à profissão de autor de teatro. Como não se respeita uma classe a que se paga – quando se paga – como cada um entende. Como não se respeita uma classe por cujo trabalho não se tem a menor consideração, mudando o nome das peças sem dar satisfação aos autores".

Os empresários teatrais, à frente Paschoal Segretto, posicionaram-se contra a sociedade. Leopoldo Fróes, ator e diretor, mas também empresário, passou a boicotar, através de uma lista negra, os autores filiados à SBAT, o que provocou o recuo e a deserção de dramaturgos importantes como Gastão Tojeiro. Logo depois, os empresários incentivaram a primeira dissidência, fundando a Associação dos Autores Dramáticos Brasileiros (AADB), presidida por Azeredo Coutinho e com a participação, entre outros, dos citados Fróes e Tojeiro.

Nesse momento, João do Rio – conta J.C. Rodrigues – lança o vespertino *O Rio-Jornal*, no qual, sob o pseudônimo "Máscara Negra", assina uma coluna de teatro. Através dela, ataca a AADB e ironiza sua ligação com as sociedades autorais europeias, cujos repertórios e direitos os próprios empresários ligados à associação costumavam adulterar e sonegar.

A briga autoral resvalou, então, para os palcos, com Leopoldo Fróes inserindo em seus textos alusões diretas e ofensas pessoais, principalmente ao grande João do Rio.

Na noite de 17 de abril de 1918, no Teatro Trianon ao que parece, Leopoldo Fróes era provocado por uma gargalhada de Oduvaldo Viana, lançada de um camarote próximo ao palco. O ator tentou revidar com um discurso contra João do Rio e Viriato Correia, mas sua voz foi abafada por uma vaia estrepitosa da plateia. E daí para a pancadaria e o conflito foi um pulo.

Em meio ao pau comendo e às cadeiras que voavam, uma coadjuvante – conta J. C. Rodrigues – gritando "público filho da puta!", quebrou a sombrinha na cabeça de Oduvaldo Viana. Até que chegou a polícia, prendendo os principais envolvidos e levando-os para a 5ª delegacia. Então, mediados pelo delegado Albuquerque Melo, as partes confabularam e chegaram a um acordo.

A partir daí, não se sabe exatamente como, instaurou-se momentânea paz no ambiente autoral brasileiro, com os empresários reconhecendo os direitos autorais e a tabela da SBAT e a AADB sendo dissolvida poucos meses depois.

Os acontecimentos que se seguiram, todos já conhecemos: primeiro, os compositores que não eram do teatro e compunham predominantemente sambas, discriminados social e racialmente dentro da veneranda sociedade, fundaram outra só de autores musicais. Depois, editores musicais estrangeiros começaram a interferir nas sociedades de compositores e incentivaram diversas dissidências, numa prática até hoje corrente. Mais tarde, já na década de 1970, face à multiplicação de entidades arrecadadoras, era criado um escritório, o ECAD, para unificar e centralizar a cobrança de direitos autorais musicais.

Depois de outras tantas lutas, pateadas, pugilatos e até tentativas de homicídio, agora, 86 anos depois da noite histórica rememorada na biografia do João do Rio, e num tempo em que o audiovisual sufocou o teatro, agita-se novamente o ambiente autoral brasileiro. E em meio à agitação alguns setores propugnam pela implantação do *Creative Commons*, definido como "um sistema baseado na Internet que se propõe a ajudar as pessoas a dedicarem seus trabalhos ao domínio público" (cf. CartaCapital, 16.06.2004, pág.43).

A ser aceito isso, vamos ver então que de nada adiantou o "quebra-pau" de 1918 e os que vieram depois, incomodando e estressando tanta gente, como nós. Tudo leva a crer que a indústria transnacional do entretenimento e seus arautos, em nome de seus lucros através da internet, quer a volta da vigência do velho aforismo segundo o qual "música é que nem passarinho: de quem pegar primeiro". É isso?

Se é, então só nos resta quebrar o pau. De novo.

CHARLES AZNAVOUR PINTOU NO LOTE

Como no Lote mora uma professora de francês, de vez em quando rola aqui um *Que c'est triste Venise*, embora o Velhote seja um pouquinho mais chegado a um certo Gilbert Becaud. Mas Aznavour é Aznavour. E quando ele pintou no pedaço aí da Capital e disse que não vinha aqui porque não anda de van, moto-táxi ou qualquer tipo de transporte alternativo, quase que a gente foi ver. Mas, como não deu, a gente se contentou em botar o disco e ficar olhando o retrato dele, com aquela cara de Renato Aragão inteligente, na revista da CISAC, la *Conféderation Internationale des Autours et des Composeurs*. Foi no ano passado, já há quase um ano. Mas vale o registro, porque as discussões, lá, em Bruxelas, centraram-se principalmente no impasse que se estabeleceu entre a criação e a produção musical no âmbito do mercado e das novas tecnologias. E foram quentes.

A ideia predominante hoje, no meio internacional da música, é aquela segundo a qual, por ser *business*, a música seria algo subsidiário, que vem atrelado a um produto, sendo então mais relevante ocupar-se o mercado com esse produto do que criar-se obra musical artisticamente boa e destinada a permanecer.

Nesse quadro de deseducação progressiva, como diz aqui o grande maestro Marcus Vinícius de Andrade, presidente da nossa AMAR, embute-se um processo de despersonalização, no qual o que vale é criar música para, por exemplo, botar *ringtone* em celular, sonorizar videogames e outros brinquedos nem sempre inocentes. Contra isso, segundo o relato do Marcão, que estava lá, insurgiu-se, no plenário da CISAC, Monsieur Aznavour, conclamando os presentes, em veemente discurso na língua de Racine ("bom mesmo é Molière", diria o Zé Trindade), a não negligenciar a boa gestão de seus direitos em nome de uma alegada modernidade digital e em benefício das empresas multinacionais que exploram economicamente as obras de autores e compositores.

Foi aí que nós aqui em casa ficamos ainda mais fãs do Aznavour. E cantamos, em duo: "La Bohème, La Bohème / Cést bien meilleur que Scarriol...".

Cruz créu!

SER IBÉRICO TÁ DANDO IBOPE

Quando éramos chiquitos, lá en el viejo arrabal, curtíamos uma rumba que dizia: "España, tierra bella de flores / España, tierra de mi pasión" – ou "de mi ilusión", trai-nos a memória.

Pois, agora, vendo a Espanha botar pra quebrar, da telefonia à música popular, passando, é claro, pelo futebol, anda nos dando vontade de ser espanhóis, como o Roberto Carlos, o da bola, que acaba de adquirir cidadania naquele país.

Pois ser ibérico hoje – tipo Real Madrid, Barcelona – é o que dá ibope. Não? Então, vejam o sucesso que o baiano Carlinhos Brown, agora Carlito Marrón, está fazendo pela Península, levando milhares à rua, atrás de seu trio elétrico e de sua timbalada (TIM balada?).

Lembrem também que, antes da confusão do "mensalão", o então ministro Zé Dirceu, como noticiaram alguns jornais, esteve juntamente com o ministro Gil num almoço na SGAE, sociedade dos autores e compositores da Espanha – o que sinceramente não *entendiemos*: um chefe da Casa Civil comendo *paella* numa sociedade de direitos autorais. Mas deixa pra lá: eles que são ibéricos que se entendam!

O fato é que tudo isso anda dando vontade, como disse Sancho, nosso fiel escudeiro aqui no Lote, de a gente também buscar cidadania espanhola. Afinal, é só botar um acento no "o" e trocar o "s" pelo "z": "LÓPEZ é muito mais charmoso que esse 'Lopes' lusitano que a gente carrega sem saber de onde veio" – disse-me ele coçando a pança cheia de *cerveza*.

Mas saiba o pragmático Sancho que, na contracorrente dos que querem "chegar ao cais e ver o peso", tem gente boa já recusando essa filiação "ibérica" e preferindo a "latina". Recusando o eixo Madri-Miami. Querendo que as fortes músicas mexicana e cubana sejam elas mesmas, sem a interferência do peso ("*El peso, el peso / El peso en España...*"), vitaminado depois da entrada do país no Mercado Comum Europeu.

Por supuesto, nós, aqui do Lote, que não entendemos muito dessas coisas, estamos, apesar das ponderações do Sancho, só vendo onde isso vai dar. Inclusive, noutro dia, demos um *paso doble* e fomos ler um capítulo do "Don Quijote" no CCBB, dando uma força no quadricentenário do Cervantes (não o dos incrementados sanduíches). Cervantes esse que, por sinal, teve como seu grande inimigo um poeta xará, o Lope de Vega, "mistura nossa com a família do Jorge Veiga" – como explica o genealogista Sancho.

O caso, minha gente, é que a Espanha está dando ibope. E, aí, até roqueiros argentinos de tristes figuras estão virando *megastars* pop, como tem mostrado a TV a cabo.

Então, *vamo nessa*? Ou não? O Sancho diz que, agora, o melhor caminho pra deixar de ser "cucaracha", "latino" etc. é fazer o Caminho de Santiago e ser "ibérico". *Sin embargo*. Ou (tele) com?

HIP HOP, VIOLÊNCIA, JUVENTUDE E SAMBA

Leio no jornal notícia de uma pesquisa feita pelo antropólogo Luiz Eduardo Soares juntamente com o rapper MV Bill, cujos resultados vão sair brevemente em livro. O trabalho, desenvolvido em oito estados brasileiros, analisa a questão da juventude diante da criminalidade dominante.

"A juventude vulnerável tem sido alvo de várias formas de exclusão e preconceito, principalmente, de cor. É o segmento mais exposto à violência, seja como vítima ou protagonista. Dos quase 50 mil assassinatos que ocorrem anualmente no Brasil, a maioria das vítimas é do sexo masculino, pobre, negra e está entre os 15 e 24 anos".

E vão por aí as sábias conclusões da pesquisa, mostrando que a "fome de reconhecimento e valorização desses jovens" e não só a "fome material", não saciada, gera uma desestruturação que acaba por desembocar na violência.

"A valorização pessoal [dessa juventude] pode ser tratada do ponto de vista familiar, comunitário, como também a partir da criação cultural, estética e política" – diz o texto. Só que aí os pesquisadores, entre os quais se inclui o empresário de MV Bill, apontam o *hip hop* como "uma das linguagens mais propícias para que os jovens construam uma identidade, desenvolvam responsabilidade pública e política, e tenham seu valor reconhecido socialmente".

Pois é... O papel que deveria ser das escolas de samba foi definitivamente entregue à música e à cultura dos guetos nova-iorquinos, em mais um capítulo do triste processo de capitulação da cultura brasileira ante a indústria transnacional da cultura, aquela que nos relega "ao papel passivo de simples consumidores de bens culturais", como escreveu Celso Furtado – aí incluídos, entre esses bens, camisetas, bonés, tênis e bermudões Nike, Mizuno etc.

"Incapazes de reagir criticamente à descaracterização de nossa cultura", como, definindo essa síndrome, escreveu recentemente a jornalista mineira Eliane Facion, até mesmo os projetos mais bem intencionados sucumbem ante essa mundialização geradora, ela mesma, da criminalidade que as "ações de cidadania" pretendem minimizar.

E aí entramos no "terreiro" (hoje superquadras) das escolas de samba. Qual delas, à exceção talvez da Mangueira, pensa hoje o samba como linguagem propícia à construção de identidade, à assunção de responsabilidade política, levando a um reconhecimento social de seus pensadores e criadores?

O saudoso Candeia via no samba esse papel. Darcy Ribeiro também. A propósito, o que foi feito das salas de aula que existiam no sambódromo? E do revolucionário projeto da Escola Tia Ciata ali do lado? Será que a "Cidade do Samba" está de olho só nos dólares do turismo? Ou será ...

Como será o amanhã?

CIDADANIA DESAFINADA

Até a morte trágica do presidente Getúlio Vargas, em 1954, os ginásios da rede pública no Rio adotavam, todos ou quase todos, uma orientação profissionalizante e em horário integral. Isto quer dizer que, ao lado das matérias convencionais, das áreas de ciências exatas e humanas, nós estudantes tínhamos acesso ao aprendizado de técnicas como tornearia, mecânica, marcenaria, fundição, forja, motores, eletrotécnica etc. Com a reforma educacional que sucedeu à era getuliana, isso ficou restrito à antiga Escola Técnica Nacional. E matérias equivocadamente ditas inúteis, como desenho artístico, teoria musical, francês e latim, foram saindo do currículo das escolas públicas.

A década de 1980 nos trouxe noções teóricas e terrivelmente práticas sobre fenômenos como violência urbana, exclusão social, cultura de massas e comunidades de periferia. E aí nasceram entidades ocupadas em "resgatar a cidadania" daqueles excluídos das benesses do "milagre brasileiro", nascido das políticas públicas adotadas a partir da queda do trabalhismo em 1964.

Só que esse "resgate" não tem passado pela formação de técnicos adequadamente preparados para se tornarem mais tarde, como ocorria até 1954, profissionais de nível superior nas áreas de sua escolha, e até mesmo artistas – como escultores, gravadores, ilustradores etc. As entidades "de direitos humanos", hoje, têm foco preferencial no mundo do entretenimento, do lazer e do charme – teatro, música, dança, esporte, moda, cinema, fotografia. Como se as atividades da área eminentemente técnica não fossem dignas, como nossa sociedade precisasse mais de bailarinos, modelos, manequins, capoeiristas e percussionistas do que de mecânicos, eletricistas, pintores, marceneiros.

Achamos por bem escrever esse texto motivados por recente matéria de jornal que exalta a talvez mais apoiada e aplaudida dessas entidades no Rio, cujo braço musical acaba de lançar um CD comemorativo. Porque a matéria, em um box escrito pelo jornalista Mário Marques, toca numa ferida exposta. "O grupo – diz Marques – tornou-se importante instrumento cultural para meninos e meninas em fuga da miséria" e, por esse lado, merece todos os elogios. "Pela música, não" – acusa o jornalista – "No palco e em disco, o grupo 'com canções ruins', 'percussões esquizofrênicas', 'vocais gritados', é simplesmente 'risível'." (*Jornal do Brasil*, 07.10.06).

Não conhecemos o trabalho objeto da contundente crítica. Mas, a partir de outros exemplos conhecidos, podemos afirmar que, na era getuliana, as escolas a que nos referimos (Visconde de Mauá, João Alfredo, Ferreira Viana, Souza Aguiar, Visconde de Cairu etc.) tinham bandas de música. Bandas e não "bandas", como hoje se diz de qualquer conjunto formado por mais de dois instrumentistas. Eram bandas de verdade. Das quais saíram muitos dos grandes músicos, em geral negros e pobres, que fizeram a época áurea da música orquestral popular brasileira.

TREZE DE MAIO, O RESGATE

Na comunidade humana não existem raças, todos sabemos. Mas o racismo existe, sabemos também. Como sabemos, ainda, que no Brasil ele nos atinge principalmente a nós, pretos e mulatos, ou seja, aos negros. Sabemos mais, que, aqui, os negros são os mais pobres exatamente porque são negros. Essa condição ainda é consequência do histórico "13 de maio", quando a escravidão foi abolida sem nenhum projeto de benefício social para os emancipados. E, para reparar o erro, lutamos pela adoção das chamadas "ações afirmativas", entre as quais as políticas de "cotas".

Os opositores das ações afirmativas, hoje tão discutidas, costumam argumentar dizendo que elas são inconstitucionais por ferirem o princípio da igualdade expresso no art. 206 da Constituição Federal. E com relação à adoção de políticas de cotas nas universidades, outros argumentam com a autonomia das universidades, assegurada pela Constituição em seu art. 207.

Entretanto, é bom observar que, na elaboração de uma lei, um dos elementos principais a serem considerados é o aspecto social. As leis são feitas para organizar as condições de vida das pessoas dentro da sociedade e tornar possível a boa convivência. As prerrogativas legais concedidas às pessoas devem ser exercidas não apenas em proveito próprio, mas também levando-se em conta os interesses sociais. Assim, o estudante bem formado tem todo o direito de ocupar sua vaga na melhor universidade, desde que essa ocupação não represente a exclusão de milhares de outros que não tiveram oportunidade de se formar bem. E o princípio de ação afirmativa contido na política de cotas para negros nas universidades visa a corrigir uma desigualdade mais do que comprovada.

Apesar de nossa Constituição proclamar que os direitos devem ser iguais para todos os brasileiros, esse ideal até agora não se concretizou para o povo negro como um todo. Então, tratar de maneira diferenciada um grupo que teve e tem menos oportunidades de acesso à saúde, à educação, à moradia, ao trabalho etc., embora pareça inconstitucional, é uma obrigação do Estado brasileiro, em atenção ao princípio de que toda lei deve ter um alcance social, sendo feita e posta em prática para benefício de toda a sociedade. Mesmo porque o que a lei condena é a discriminação e não a aceitação da diversidade.

Esse tratamento diferenciado não é um privilégio e, sim, uma tentativa de diminuir a enorme desigualdade social que exclui o povo negro, concedendo a este povo, finalmente, direitos que sempre lhe foram sonegados as várias formas de racismo escondidas sob a propalada 'democracia racial' brasileira. Criar políticas de ação afirmativa em benefício do povo negro, isso sim é que é "democracia racial". Trata-se de criar oportunidades de acesso à completa cidadania, começando pela educação, levando em conta a diversidade étnica de toda a população.

Mas só instituir essas cotas não basta. Observemos que hoje, entre as melhores universidades públicas brasileiras, apenas a Universidade Federal de Goiânia tem em seu corpo docente mais de 1% de professores negros – para sermos mais exatos, tem 1,2%. A Universidade Estadual do Rio de Janeiro,

(UERJ), que aliás foi a primeira a instituir o sistema de cotas em seu vestibular, tem apenas 0,21% de negros entre seus 2.300 professores.

A erradicação do racismo no Brasil, então, pressupõe melhorar a educação em todos os níveis. E, além da educação, melhorar a saúde, as oportunidades de emprego, as condições de moradia, transporte etc.

Nesse quadro, o ingresso de alunos negros e futuros professores nas universidades (o simples fato de chegarem eles ao vestibular, apesar de todas as condições adversas, é seu grande mérito) através do sistema de cotas (naturalmente abolido quando seus objetivos forem totalmente atingidos) é o principal resgate da dívida que a sociedade brasileira contraiu para com o povo negro há exatos 120 anos.

RAÇA NÃO EXISTE. E DAÍ?

Numa chanchada da Atlântida nos anos 1950, quando todos os telefones eram pretos, numa cena realmente engraçada, de repente um personagem – vivido talvez pelo cômico Ankito – vendo o braço nu do saudoso Grande Otelo apoiado no balcão de um botequim, pega-o sem cerimônia, leva o cotovelo à boca e diz: Alô!

Era o tempo em que os artistas do palco e do gramado chamavam-se Blecaute, Chocolate, Escurinho, Gasolina, Jaburu, Jamelão, Noite Ilustrada, Veludo etc. Quando as letras dos sambas e marchas cantavam sem problemas a "nega do cabelo duro", a "nega maluca" e até o "crioulo doido" e a "nega luxuosa que se fosse cor de rosa era estrela de balé" (estes um pouquinho depois). Quando poderosos jornais acusavam, até em editoriais, as comunidades religiosas afro-brasileiras como "focos de ignorância e desequilíbrio mental".

Dá até saudade desse velho e ingênuo racismo! Porque hoje, com a precisão científica de uma guerra bacteriológica, o neorracismo brasileiro usa principalmente a estratégia de negar sua própria existência, para assim neutralizar as iniciativas que visam efetiva e maciçamente incluir na sociedade abrangente, tirando da "periferia" para o centro das decisões, o segmento afro da população brasileira.

Cada vez mais inteligente e sofisticado, o novo racismo brasileiro aceitou a divisão dos afrodescendentes em "pretos

e pardos" (já que nunca se pensou em segmentar os não-
-negros em "louros e morenos") até o momento em que os
"pardos" começaram a se ver negros e a pesar na balança.
Antes, esse neorracismo já havia negado as peculiaridades
culturais e psíquicas formadoras do nosso temperamento e
da nossa espiritualidade afro-originados. Ao mesmo tempo
que, no campo da cultura e do entretenimento, argumentan-
do que o fazer dos afro-brasileiros é apenas brasileiro e não
afro, pôs-se a utilizar-se dele, em proveito próprio, no balcão
de trocas da indústria cultural. No cinema, especificamente,
passou a preferir os filmes de ação ambientados em favelas,
talvez para sublinhar uma suposta violência do povo negro. E,
na televisão, privilegiando montagens de época exibidas em
horários vespertinos, o faz talvez para perpetuar o estereótipo
do negro subalterno, escravo, embora às vezes revoltado.

Assim age o novo racismo na mesma medida que nega a legitimidade de um pensamento afro-brasileiro autônomo, para
continuar mantendo a hegemonia do segmento dominante, o
euro-ocidental, no campo do saber letrado. Daí, quando um
de nós afrodescendentes consegue externar seu pensamento através de uma grande mídia e com alguma repercussão,
somos logo arrogantemente agredidos, acusados de xenófo-
bos e reacionários, ao mesmo tempo em que vemos lançada
a culpa da escravidão africana sobre os próprios nativos do
continente. Daí também o sofisma segundo o qual com uma
boa educação de base (em quanto tempo?) todo o problema
etnosocial no Brasil se resolverá.

Até então, tudo isso vinha meramente especulado, sob a
alegação de que o Brasil é um país mestiço, onde "não se pode
comprovar quem efetivamente são os negros" – embora essa
mestiçagem nunca se tenha visto na fenotipia do Poder, como
agora já se observa na Bolívia e na Venezuela e não se nota

no México, por exemplo. Até então, era assim. Mas agora, finalmente, o racismo chega ao DNA. Para provar o óbvio: que boa parte dos afro-brasileiros tem sangue europeu, e que esse sangue vem predominantemente pelo lado materno – ao que perguntamos: por força do amor ou do estupro?

Brandindo estatísticas ou testes de DNA e provando sempre o óbvio, o que o novo racismo brasileiro deseja é mostrar que "raça não existe" e que está tudo bem, desde que "pretos e pardos" reconheçam seu lugar, o qual não é o mesmo dos "louros e morenos".

Hoje, qualquer estudante bem informado sabe que os seres humanos têm uma origem comum, num mesmo grupo saído da África há muitos milhares de anos. Que as diferenças físicas deveram-se à adaptação aos novos e diversos ambientes encontrados na longa caminhada. E que o ultrapassado conceito de "raça" foi há muito substituído pelos de cultura e etnia.

Mas, convenhamos: pra que serve isso tudo? Vá essa Ciência dizer ao porteiro do prédio "bacana" que os de pele escura também têm direito ao elevador social. Vá ela dizer ao policial truculento que o jovem de cabelo carapinha também pode ser dono de um carro do ano. Vá explicar ao gerente do banco que o jovem negro candidato a bancário pode ser também honesto, inteligente e capaz. Vá dizer ao mercado que a trabalho igual tem que corresponder remuneração igual. Vá explicar para a negra do campo que não foi por ela ter "barriga limpa", como lhe ensinaram, que seu filho nasceu com pele clara. Vá, enfim, a Ciência reler para o Estado brasileiro os capítulos I e II da Constituição Federal!

Sabe o que eles vão pensar ou responder? "Raça não existe!". Mas se ainda houvesse telefone preto, certamente, pelo menos um deles diria "alô" no cotovelo do "crioulo" no balcão.

O PROTESTO NEGRO E A
INDÚSTRIA DO ENTRETENIMENTO

A revista *Cult*, publicação de "alta cultura" editada na capital de São Paulo, publica em sua edição nº 105 uma longa entrevista com o grande compositor e cantor Caetano Veloso. A certa altura da conversa, o admirável artista aborda a momentosa questão afro-brasileira, relatando uma discussão que tivera, a respeito, com o *rapper* MV Bill, nestes termos: "... eu queria fazê-lo ver que ele precisava levar em conta que grande parte do que é, não só movimento de consciência da questão racial, como o movimento específico do *hip hop*, ao qual ele se filiou, tem muito do desejo brasileiro, exposto em várias áreas, de ansiosamente imitar os americanos. E, de certa forma, com isso, se reafirmava uma humilhação dos brasileiros perante os americanos, o que não difere da humilhação dos negros perante os brancos".

Pelo que entendemos, o grande Caetano Veloso, que se manifestou recentemente contra a chamada "política de cotas", também acha que a pauta de reivindicações dos negros brasileiros obedece a um modismo africano-americano.

Mas ele, que é também uma espécie de "padrinho" de algumas instituições que praticam o que chamamos de "cidadania *hip hop*", e que conhece muito mais do que nós os meandros da indústria fonográfica transnacional, por onde transitam com desenvoltura importantes personagens como Nelson Motta e André Midani, é claro que não desconhece uma outra verdade cristalina.

Essa verdade é que o protesto negro na música sempre foi um apanágio da canção brasileira mais legítima, desde "Lata D'água", "Pedreiro Valdemar", João do Vale, Gordurinha, Aluísio Machado – sambista só conhecido pelos seus sambas-enredo, mas que foi um dos "malditos" da ditadura de 64 – até o atualíssimo Trio Calafrio, só para citar alguns exemplos. Mas esse protesto, hoje, só é aceito como tal, e não como galhofa, quando tem a forma do protesto *made in* Bronx, Harlem etc. Aí, é moderno, é "tendência". Fora disso, porque, inteligentemente, usa o riso para fustigar os costumes, é apenas graça.

E falamos de cadeira, desde os nossos sambas, com Wilson Moreira, "Senhora Liberdade" e "Coisa da Antiga", que já no final da década de 1970 tiveram letras forçosamente modificadas; do partido-alto "Pega no Pilão", no festival da Globo de 1980; dos nossos LPs *Negro Mesmo* e *Canto Banto*, respectivamente de 1983 e 1985. O conteúdo de todo esse conjunto de obra expressa nossa posição diante da questão negra. Mas a forma que preferimos é a do samba. Então, as *majors* sempre descartaram esse nosso lado, preferindo, na hora de escolher os frutos no nosso tabuleiro, aqueles da "galhofa" ou do lirismo individualista, tipo "esse amor me envenena".

Daí, então, a conclusão que tiramos da afirmação de Caetano Veloso:

Enquanto o protesto negro, mesmo de *dreadlocks*, tênis Nike e uniforme de beisebol, se restringiu à música, ele foi bem-vindo e bem aceito, porque era *pop*. Mas quando ele transcendeu o entretenimento e passou à esfera legislativa, reivindicando inclusive, de terno e gravata, um Estatuto de

Igualdade Racial, aí ele passou a ser "imitação de negro americano" e ameaça à "cordialidade que sempre reinou, entre brancos e negros, neste país sem racismo".

Ora, ora... a "cordialidade" já desceu o morro, está na rua, *brothers*! E exatamente pra buscar aquele Nike, aquelas roupas de marca, aquele carrão, que a música da esfera pop prometeu. E usando aquelas técnicas e instrumentos que os filmes de tela quente e temperatura máxima, coadjuvados pelos games de mortal combate, ensinaram a usar.

Isso, sim, é que é imitar americano!

RESSONÂNCIAS MAGNÉTICAS DA CONSCIÊNCIA NEGRA

Segundo alguns laudos médicos, foi aquela punga de mau jeito dada no final da interpretação do "Jongueiro Cumba" no palco da Casa Rosa do SESC Tijuca – que nada tem a ver com a da rua Alice. Já segundo outros, teria sido aquela profunda reflexão feita na mesa-redonda "Religião: tradição e modernidade", no mesmo evento, no dia anterior. O certo é que terminada a Semana da Consciência Negra e o II Seminário Inserção e Realidade, o Velhote do Lote ganhou uma beliscada no nervo ciático, o que o levou ao Estaleiro da Xica... (ele esqueceu o sobrenome), de onde dita estas linhas.

O chato é que não sobrou nada pro Dia do Samba. Mas foi tudo como Agbomiregum mandou e a gente não tem do que reclamar.

Reclamar como – pergunta o Coroa –, diante de presenças estelares no Seminário, como as do padre Renato Chiara, fundador da Casa do Menor São Miguel Arcanjo; do pastor Marco Davi de Oliveira, coordenador do Fórum de Lideranças Negras Evangélicas e membro do Movimento Brasil Afirmativo; do nosso particular amigo e mestre, babalaô Rafael Zamora, um dos grandes responsáveis pelo revigoramento do culto de Ifá no Brasil? Foram quatro horas de iluminação, com o numeroso público presente interagindo com os palestrantes em todas as intervenções.

Nas outras mesas, que o Velhote não pôde assistir, falaram, entre outros, o cientista social coronel Jorge da Silva; o pesquisador José Luis Petrucelli, do IBGE; a antropóloga Alba Zaluar; a médica Jurema Werneck; a antropóloga Wânia Santana; a socióloga Sônia Maria Giacomini; e o professor José Vicente, reitor da bem sucedida Universidade Palmares, de São Paulo. Palestrantes de altíssimo nível em um evento que a cada ano fica mais importante!

Sensação boa, também, foi ver, na Semana, a seguinte declaração da influente jornalista Miriam Leitão, colunista de O Globo, reproduzida na pág. 34 do no. 467 da revista Época: "O esforço dos negros de entenderem sua história, origem e identidade é visto como uma ameaça que legitimaria o racismo. Como se o racismo brasileiro precisasse de mais reforço..."

E bom, também, foi ler no Jornal do Professor, do SinproRio (no. 204, set-out, 2007), a moção de repúdio da respeitável entidade sindical às declarações do diretor da TV Globo Ali Kamel sobre o livro do professor Mario Schmidt, publicado na Coleção Nova História Crítica, definido por ele como "um livro bisonho, encharcado de ideologia". Segundo a nota, no esforço de vincular a publicação do livro ao governo Lula, o famigerado Kamel esqueceu de verificar que ele fora aprovado no governo Fernando Henrique. Diz ainda o texto que o movimento capitaneado por O Globo "esconde uma disputa ideológica e econômica que envolveu 560 milhões de reais em 2007", na qual o Plano Nacional do Livro Didático (PNLD) vem redirecionando a aquisição e a distribuição de 121 milhões de exemplares, contrariando interesses de grupos estrangeiros e de nacionais a eles associados.

No mais, foi o lançamento do *Dicionário Literário Afro-brasileiro* (este, sim, um livro "encharcado de ideologia"), ao qual o Velhote compareceu, mancando, no sapatinho, de bengalinha e tudo. Mas com seu magnetismo ressoando à flor da pele. Literal e literariamente.

Parodiando Drummond, "A Semana hoje é apenas uma radiografia no envelope. E como dói."

FATO CONSUMADO: DJAVAN DESPETALA A FLOR-DE-LIS E TOCA FOGO NO CAPIM DO CERRADO

Na segunda metade da década de 1970, com as gravações de "Fato Consumado" (75), "Flor-de-Lis" (76) e "Cerrado" (78), Djavan, um jovem negro da periferia de Maceió, AL, balançava as estruturas da música popular brasileira, trazendo para o seio da "flor amorosa" mais uma das muitas possibilidades do samba.

Era a sincopação dos anos 1940 levada a extremos que nem a bossa nova ousara. Era o samba entortado e ainda mais balançado que o do "balanço zona sul" de Orlann Divo e seu chaveiro – que, aliás, está de volta. Era, enfim, o samba feito para dançar. E os frutos dessa safra bendita são, até hoje, mais de 30 anos passados, presença obrigatória no repertório de qualquer bom baile (e não arrasta-pé) que se preze.

Mas esse samba radicalmente sincopado de Djavan parece que só agradava, pelo menos no Rio, àquela parcela da população que, por razões econômicas, de moradia e de oportunidades, permanece afastada do chamado "circuito cultural", que vai dos aeroportos aos *vernissages*, dos teatros às livrarias, e que, da zona sul pra cá, chega no máximo até a Candelária.

Enxergando, certamente, poucas possibilidades de mercado junto a esse público de "duros", a indústria fonográfica transnacional, pelo que supomos, parece ter convencido Djavan a jogar seu irresistível sincopado fora para produzir uma obra mais alinhada com o *pop-rock* hoje hegemonicamente vigente em escala planetária. Aí, o Djavan internacionalizado chegou até Stevie Wonder, Carmen McRae, Al Jarreau e Manhattan Transfer. No que fez muito bem, também achamos. Só que nós aí, literalmente, perdemos o rebolado.

Agora, lançando um novo disco (ainda não ouvimos, mas temos certeza de que é bom), Djavan volta ao samba, saúda animadoramente a Cidade Maravilhosa numa letra de levantamento da autoestima dos cariocas e, em entrevista a *O Globo* (09.09.07), dispara contra os detratores de sua estética:

"A questão é que não admitem que um nordestino, negro, filho de uma lavadeira, nascido num gueto de Maceió, no segundo estado mais pobre do Brasil, possa ter um olhar amplo e pessoal das coisas."

E arremata Djavan, do alto de suas já venerandas tranças, jogando na lata do entrevistador aquela pergunta que todos nós fazemos há muito tempo:

"Você já percebeu que não existem críticos negros nas redações? Seja de música, literatura, cinema, teatro... O Brasil avançou pouco nesse campo. Um exemplo como o de Joaquim Barbosa (...) é exceção entre nós".

A afirmação e a pergunta de Djavan – aliás, lançadas no momento em que algumas colunas de amenidades tentam desqualificar o ministro Barbosa, mostrando-o como um "famoso" deslumbrado – ficam no ar. E suas respectivas respostas podem ser a chave para entendermos porque se procura também desqualificar todo samba que busca se renovar a partir da reprodução de suas próprias células e não beijando a mão do *rap*, do *funk*, da moda *hip-hop* enfim.

Através do que disse Djavan, podemos pelo menos intuir o porquê do músico negro brasileiro, quando pensa e se posiciona criticamente, ser sempre tornado invisível pela mídia dominante. E podemos finalmente ter uma ideia, nesse caso específico, do quanto é importante termos, nas faculdades de Comunicação e correlatas, tantos afrodescendentes quanto aqueles que, nas redações, nos estúdios, nos espaços onde hoje se produz, comercializa e avalia a verdadeira Cultura Nacional, servem cafezinho, fazem faxina, levam mensagens, carregam equipamentos e fazem segurança.

JÁ VI ESSE FILME: CHEGA!

A estética imperante no cinema brasileiro, após o grande sucesso do excelente filme Cidade de Deus, começa a encher o saco aqui no Lote. Ninguém aqui aguenta mais ver filme de favela, com negão dando tiro.

– Mas esses filme emprega os neguinho, Coroa! – argumenta o Ururau. No que a cientista política Hanna Bowl, intelectual como ela só, rebate:

– Pois é... O mundo de hoje não é nada daquilo que Karl Marx sonhou!

O fato é que nem o Velhote aqui aguenta mais. Por que – penso eu com os seis botões do meu jaquetão de tropical Super Pitex – não metem lá um argumento esperto e um roteiro caprichado, por exemplo, em algumas das mirabolantes histórias da História Afro-Brasileira que todo mundo conhece? A do João de Oliveira, por exemplo.

João, todo mundo sabe, era iorubá, tendo nascido na atual Nigéria ali pelo iniciozinho do século 17 ou no fim do anterior. Tornado cativo ainda menino, veio como escravo para Pernambuco e, em 1733, retornou ao golfo de Benim ainda na condição de escravo e provavelmente a serviço de seu senhor. Dedicando-se, talvez com a morte deste, também ao comércio negreiro, João obteve grande êxito, pelo que abriu, com seus próprios recursos, os armazéns e embarcadouros que teriam originado as cidades de Porto Novo e Lagos. Segundo o professor Alberto da Costa e Silva, sua prosperidade levou-o a enviar auxílio, em moeda e escravos, à viúva de seu antigo senhor pernambucano, e a contribuir para a construção da capela maior da igreja da Conceição dos Militares, em Pernambuco.

Em 1770, João de Oliveira retornava a Salvador, onde mais tarde faleceu. Nesse retorno, foi preso por contrabando de escravos. Entretanto, dos 79 negros que trouxera, quatro não seriam cativos, e sim enviados do oni (rei) de Onim (Lagos) em missão diplomática e comercial.

A história desse João dava ou não dava um bom filme? Com bastante ação e sem necessidade de gastar muito dinheiro. E, além dela, muitas outras sobrevivem na memória afro-brasileira!

Foi pensando nisso que resolvemos dar o recado em ritmo de samba. Recado esse que a rapaziada do Quinteto em Branco e Preto já assimilou e está musicando. Vamos lá! Si bemol, Everson e Maurílio! (Ré-sol-fá-mi-ré-dó)

Eu não vou mais ao cinema
Pra ver filme de negão
Da Baixada a Ipanema
Sempre de arma na mão

Na minha comunidade
Tem muito trabalhador
Tem pretinha em faculdade
Mulato quase doutor

Mas o Seu Bem garantiu-me:
Cinema é bilheteria

Então tome-lhe de filme
Com o mal da periferia

Eu já vi esse filme, sim
E não quero morrer no fim

Tem um negro no Supremo que ralou pra chegar lá
Três ministros nós já temos, com história pra contar
Os heróis do nosso povo, só se vê em samba-enredo
Pois desde o Cinema Novo, é só negão sentando o dedo

Eu quero ser distinguido mas não só nos carnavais
Filme com negão bandido, nego não aguenta mais

Ontem por mais um momento fui de novo ao Irajá
Pra levar meus sentimentos à família de um xará
Um cara que tinha idéias e sonhos iguais aos meus
E agora é anti-matéria, desfeita nas mãos de Deus

A gente sabe o dilema de tudo o que está por trás
Mas ver isso no cinema, nego não aguenta mais

MANDELA E A FARRA NO MOTEL DE REALENGO
– Um episódio exemplar

Nos anos 1990, o Velhote aqui do Lote foi servir ao Estado no segundo governo Leonel Brizola. E de repente viu-se ocupado com os preparativos para a recepção a Nelson Mandela que, recém liberto dos cárceres do *apartheid*, viria ao Brasil. Reúne daqui, reúne dali, disputa daqui, disputa dali, pra ver quem era o "dono" da ilustre visita, após meses de stress e politicagem, chega a semana da festa.

Nos detalhes finais, na hora H, não se tinha o nome do fornecedor do bufê, constante de pingues salgadinhos e uns refrescos meio mornos. Mas era preciso empenho, licitação, aquelas coisas.

Mais correria. Até que um burocrata experiente descobre na Lei uma justificativa para não se licitar o fornecimento do bufê: urgência, pois Mandela chegava no dia seguinte.

Achada a receita legal, vem o remédio: o Doutor Fulano conhecia um bufê que já era fornecedor do Governo. Aí assinamos os papéis.

Só que o bufê era do mesmo dono de um motel da avenida Brasil, em Realengo. E a nota consignou: "Motel Coisa e Tal; CGC tal; fornecimento de 'n' lanches". Pra quê!?!

No dia seguinte, o maior jornal do Brasil lascava a manchete, mais ou menos assim: "FUNCIONÁRIOS DE BRIZOLA E COMITIVA DE MANDELA FAZEM FARRA EM MOTEL". E a assinatura do Velhote estava lá, na foto do documento que autorizara a despesa e agora ilustrava a matéria. Para decepção e vergonha de um Irajá inteiro.

Mais tarde, o *imbroglio* foi desfeito. Mas os visitantes do Lote podem imaginar o quanto isso custou de mágoa, acabrunhamento, sensação de impotência, pressão alta, dor de cabeça.

Esta remexida na parte fedorenta do baú vem a propósito da demissão de Matilde Ribeiro da SEPPIR, num triste caso que há dias vem ocupando as páginas dos jornais.

Há sempre uma casca de banana, uma armadilha à nossa espera. Os que são "macacos velhos" saem dessas numa boa, sem estresse ou depressão. Mas os nossos, quando são bem intencionados, escorregam sem nem saber que escorregaram. E aí a dor é grande, mas muito grande mesmo, repercutindo em ondas.

Esclareço que, embora inscrito na OAB e com anuidade em dia, não tenho procuração da ex-ministra para qualquer tipo de defesa. Mas quem conhece sabe que, até aqui, todos os órgãos públicos voltados para a cidadania dos afrodescendentes nunca têm carro, verba, móveis, respeito, status, nada! São criados apenas para que não se diga que o Estado brasileiro não se preocupa com os seus excluídos. E a parte melhor de seus funcionários, quase sempre trabalhando em nome da causa, estão o tempo todo sujeitos àquela "casca de banana" sobre a qual tanto o saudoso Brizola nos alertava.

Seria bom, então, que antes de qualquer juízo sobre o caso SEPPIR – principalmente se as investigações forem, mesmo, estendidas ao governo Fernando Henrique –, se refletisse melhor, buscando historinhas exemplares, como a de "Mandela no motel". Mesmo porque, logo depois, no governo seguinte, a Secretaria Extraordinária de Defesa das Populações Afro--Brasileiras, genialmente idealizada e liderada pelo venerando Abdias Nascimento, foi extinta.

Ou será que não sabemos que, no caso específico de Matilde Ribeiro, o que está em jogo, neste momento, é a apreciação, pelo Congresso, do Estatuto da Igualdade Racial, *pièce-de-resistence* da SEPPIR?

O SHOPPING E O SAMBA

Assim como a literatura, a música popular brasileira é um campo fértil para a disseminação do preconceito e das visões estereotipadas. E a confirmação dessa ideia me chega dias depois da 2ª Conferência de Intelectuais Africanos e da Diáspora, em Salvador, na qual estive presente, no auge das discussões sobre o Estatuto da Igualdade Racial, e por conta da reportagem "bom burguês", matéria de capa do Segundo Caderno de O Globo.

A matéria veio a propósito do novo disco do cantor, compositor e instrumentista Jorge Aragão, carioca e afrodescendente, apresentado como "um dos sambistas mais queridos do Brasil", e toma como gancho (título e lead) o fato de que o artista, "quem diria?, gosta mesmo é de shopping center". A lógica dessa afirmação remonta a 1968, ano em que era gravado, com grande sucesso, o "Samba do crioulo doido", de autoria do humorista Stanislaw Ponte Preta, heterônimo do jornalista e jazzófilo Sérgio Porto.

O "crioulo doido" em questão era um compositor de escola de samba, um sambista portanto, enlouquecido pelas exigências de um enredo sobre a História do Brasil. E, a partir daí, o tipo criado pelo inefável "sobrinho da Tia Zulmira" veio somar-se a uma galeria construída desde, pelo menos, o século 19, onde já despontavam a "mãe-preta", dócil, carinhosa, excelente cozinheira e contadora de histórias, mãe-substituta na família patriarcal; o "pai-joão", velho e fiel escravo, resignado em seu sofrimento; o "escravo martirizado"; o "preto de alma branca"; o "mulato pernóstico"; o "negão", violento, facinoroso, estuprador; a "mulata boazuda"; o "malandro" etc., etc., etc. São tipos catalogados, desde Roger Bastide, na década de 1950, por vários autores que pesquisaram as representações e os lugares reservados ao ser humano negro na sociedade brasileira – lugares entre os quais esteve, durante muito tempo, a escola de samba e os produtores da arte negra que nela se fazia. Arte que se transformou deixando, entretanto, gravada no imaginário geral a figura do sambista, da velha-guarda à bateria, associada a vários desses estereótipos acima apresentados.

Por sua vez, o shopping center – um dos ícones da cultura de massa em nosso tempo, tanto que chega a ser entusiasticamente definido como "templo do consumo" –, tornou-se, de poucos anos para cá, na visão de muitos, um espaço de excelência, da mesma forma que teatros e salas de concertos, museus e exposições de arte, desfiles de moda, restaurantes e aeroportos, lugares em que, mesmo nas grandes capitais brasileiras, a presença negra ainda é rara (exceção para os profissionais do esporte e do entretenimento) e causa espanto. E não é à toa que, numa espécie de acordo tácito, os administradores de shoppings recusam-se a programar espetáculos ou audições de samba nas costumeiras programações de suas "praças de alimentação".

Porém, o caso é que "o sambista de timbre especial" Jorge Aragão, "pasmem, adora ir a um shopping" – diz o texto da reportagem. Faltou dizer, talvez, que ele sabe ler e escrever, aprecia bons vinhos, veste roupas finas, usa computador, comunica-se por e-mail, ou seja, faz tudo o que se poderia esperar de um artista da "MPB", mesmo daqueles que cantam samba. Mas aí não teria graça nenhuma...

VOCÊ SABE O QUE É ZEITGEIST?

Nunca viu, nunca leu e só ouviu falar? Pois é... Dizem os filósofos da "mudernidade" que é uma expressão alemã, significando "espírito do tempo", formada pelos vocábulos *zeit*, tempo + *geist*, espírito (lembra do *poltergeist*?). E que se teria popularizado pelo filósofo Hegel (1770-1831), segundo o qual um estado de consciência mais elevado só é atingido quando o indivíduo entra em sincronia com o espírito do seu tempo.

Exemplificando: o cara vem pela avenida Automóvel Clube, chega a Maria da Graça, toma cinco chopes no Amendoeira, aí quando sai é parado por uma falsa blitz que lhe leva o carro para o Jacarezinho. Então, aí, ele atinge um estado de consciência mais elevado! É isso? Não! É pior.

Esse "espírito do tempo" resume aquela história do "novo" e do "velho" que a gente vê nos anúncios de pasta de dente ("agora com hexaclorofeno"), de telefone celular ("com toques MP3 e bluetooth para conexão sem fio"), ou, ainda, de condomínio ("com piscina e deck molhado, spa, espaço zen, espaço *gourmet*, *coffee shop*, *home office*, *lounge*..."). O poder de atração dessas novidades é forte porque supõe aprimoramentos resultantes de experiências tecnocientíficas. Entretanto, com a repetição dessas "cascatas" mercadológicas, o "novo", segundo o cientista social francês René Dumont (1904-2001), perde totalmente o respeito por si próprio, prostitui a necessidade e torna-se – assim como a prostituição é um fingimento do amor – um substituto da verdadeira necessidade.

É justificando-se através do *zeitgeist* que certa mídia escova os dentes dos banguelas. Segundo ela, é preciso perceber a "tendência" antes que ela aconteça, viva e morra. Daí, as pautas de entretenimento dos cadernos de variedades dos grandes jornais e das revistas semanais, principalmente as dos domingos – onde preto e pobre em geral só entra naquelas matérias sobre a "inclusão social" que valoriza a "periferia".

Ora, ora... Incluir, em nosso modesto entender, é trazer para dentro do processo decisório, para o centro que dita os valores de pessoas, obras e objetos, para a aristocracia intelectual, e não perpetuar o "in" e o "out".

Mas não se assustem. Toda essa nossa pretensa erudição matinal, coisa de velho (ainda não são 6 horas, daqui a pouco passa!), é buscando, ainda uma vez, explicar o que se passa com o samba e que as pessoas custam a entender. E é baseada numa inacreditável matéria de uns 30 segundos veiculada pelo *Jornal Nacional* no último 2 de dezembro, sobre o Dia do Samba.

* * *

O samba não é "tendência", todo mundo sabe: ele é PERMANÊNCIA, haja vista o "Pelo Telefone" ter completado 90 aninhos este ano – e ninguém se lembrou.

Aliás, mesmo só conseguindo uma matéria de uns 30 segundos, alguém se lembrou, sim, embora a matéria tenha sido desviada para a "Cidade do Samba" – isso, sim, uma "tendência".

O jornalista que lembrou é nosso amigo e do Samba. Ele é daqueles que compreendem o gênero-mãe como componente fundamental da identidade e da diversidade cultural brasileira. Que há noventa anos emergiu da periferia para o centro irradiador da cultura musical nacional e não tem quem o derrube.

Nosso amigo sabe que o *Zeitgeist* é primo do *Halloween*. E que, como disse um filósofo africano, a Arte tem que ser a expressão profunda de um pensamento, de uma concepção de mundo, de uma cultura, ou seja, de um Humanismo na medida do verdadeiro Homem.

A esse querido e resistente amigo, o samba agradece comovido.

O "SERTANEJO" É ANTES DE TUDO UM CHATO

"Aliás, a música sertaneja (...) se aproximou bem mais da questão indianista [sic] do que as nossas políticas públicas..." (Zezé Di Camargo, O Globo, 10.12.06)

"Encontrei, hoje cedo no meu barracão, minha roupa de Conde no chão" e, tal qual sucedeu no samba de Evaldo Gouveia e Jair Amorim, resolvi vesti-la, ou seja, defender uma parte do pensamento do futuro secretário estadual de Cultura do Rio sobre a chamada música "sertaneja". É claro que pega mal pra alguém na condição dele descer a lenha como ele desceu, mas o caso é o seguinte:

A música popular da chamada "área da viola", ou seja, de partes do interior paulista, mineiro, goiano, mato-grossense e do Paraná, está presente na radiofonia e na discografia brasileira desde a década de 1910 e representa, efetivamente, um dos pilares sobre os quais se assenta a música do povo do Brasil. Tanto que, em nossa infância carioca e suburbana, na década de 1950, tivemos acesso, através principalmente da poderosa e diversificada Rádio Nacional, a esse cancioneiro, não só na comicidade das duplas Alvarenga e Ranchinho e Xerém e Bentinho, por exemplo, como no doce lirismo de Xerém e Tapuia, Tião Carreiro e Pardinho e Cascatinha e Inhana, estes os responsáveis pelo abrasileiramento da guarânia paraguaia. Mais tarde, éramos apresentados à bela verdade telúrica de Pena Branca e Xavantinho. E gostávamos.

Acontece que, nos anos 1960, com a Jovem Guarda, esse tipo de música começava a mudar de rumo. Como escreveu o nunca assaz lembrado José Ramos Tinhorão (*Pequena História da Música Popular Brasileira*, 1991), a partir desse momento a moda de arranjos imitando aqueles trompetes dos mariachis mexicanos anunciava a "era do sertanejo de circo, que permitiria a jovens como Leo Canhoto e Robertinho se vestirem de cowboys para cantar, entre correrias e tiros de festim, histórias do faroeste americano como a de Jack, o matador." (pág. 194).

A esse desbunde seguiram-se dois fenômenos igualmente dignos de nota. Primeiro foi, nos anos 1980, a ascensão de músicos da extinta Jovem Guarda aos altos escalões de produção e marketing das principais gravadoras multinacionais instaladas no Brasil. Depois, foi a curta, mas devastadora, Era Collor (março de 1990 a outubro de 1992), em que a música dita "sertaneja", fortemente alinhada já com aquilo que nos USA se define como "texmex", passava a ser o fundo musical oficial dos confiscos e desmandos emanados da milionária "Casa da Dinda".

"A música mexicana do Texas expressa o dilaceramento de uma comunidade que, apesar de profundamente apegada à sua cultura de origem, sonha em integrar-se à sociedade norte-americana". Assim o antropólogo Manuel Peña, professor da Universidade do Estado da Califórnia, expressa o que é o drama vivido pelo "texmex", gênero musical a que nos referimos linhas acima. E essa é a doença que, a nosso ver, atinge a multimilionária música "sertaneja" do Brasil, com seus jatinhos, rodeios, trajes de cowboy, letras infantilizadas, melodias repetitivas e gorjeios em terça chatos, muito chatos: eles são caipiras, sim, e se orgulham disso, mas eles querem ser caipiras do Texas, ou melhor, cowboys, que é muito mais bacana.

E o pior de tudo é que, com os agrodólares que a sustenta, a música deles – que todos julgávamos ser moda passageira – vai ficando e se impondo, gerando em cascata, a cada programa do Raul Gil, mais Fulanos & Cicranos, Menganos & Beltranos, com a espantosa fertilidade das seitas neopentecostais, que se reproduzem à razão de uma por dia, em cada esquina, aqui nas cercanias do Lote. E vai ressuscitando gente do finado iê-iê-iê, que sai da tumba, que horror, com 2 metros de altura, de chapéu de aba larga, colete de couro franjado e cartucheira na cintura. E vai contaminando tudo, inclusive uma certa espécie de "samba" oportunista que anda por aí.

E é por isso que vestimos, em parte, a fantasia do Conde. Caubói por caubói, ainda somos mais o Bob Nelson ("ô, tiro o leiiiiti!") que alegrava nossa infância e que acabou por gerar o Paulo Bob e outros bobs, e até um caubói crioulo, o cantor comediante Pato Preto.

Esses, pelo menos, eram engraçados. E, por não serem bobos, vendiam seu peixe sem abastardar a música brasileira, sem fazer mal a ninguém e nem escrever bobagem no jornal – veja-se o "indianista" lá em cima, na epígrafe. Porque, como dizia o saudoso Garça, negão bom de música e de filosofia, "otário com dinheiro é pior do que malandro aborrecido".

MOJUBÁ, EXCELÊNCIAS!

O avanço das igrejas ditas "evangélicas" no Rio e no Brasil tem-se revestido, quase sempre, de intolerância e truculências jamais vistas no País. Nem mesmo na década de 1950, quando fazendo eco à tendência dominante, condenavam-se as práticas religiosas não católicas, colocando-as numa espécie de index, de forma velada ou expressa.
Assim, hoje, na vigência de uma salutar liberdade de expressão religiosa, chega a ser pitoresco ler, num editorial de O Globo de 6 de janeiro de 1954 (cf. coluna "Há 50 Anos", Segundo Caderno), o texto seguinte: "É preciso que se diga e que se proclame que a macumba, de origem africana, por mais que apresente interesse pitoresco para os artistas, por mais que seja um assunto digno de estudo para o sociólogo, constitui manifestação de uma forma primitiva e atrasada da civilização..."
Coisa "da antiga"! – como diria um conhecido samba. Principalmente quando vemos, veiculada no canal Futura, o "canal do conhecimento", do grupo Globo, a bem concebida e realizada série "Mojubá", sobre as tradições religiosas afro-brasileiras, com cenas de rara beleza e depoimentos de importantes teóricos e práticos dessas vertentes filosóficas. A expressão mo juba é, em iorubá, uma interjeição de reverência diante de um poder superior.

Na contramão desse louvável avanço, vimos, dias atrás, as histéricas e invasivas pregações "evangélicas" no espaço público dos transportes, notadamente nos trens suburbanos e barcas da baía de Guanabara, tendo que motivar até a intervenção do Ministério Público Estadual. E lemos, numa revista semanal, declaração estapafúrdia de uma ex-cantora pop--rock, agora "pastora", segundo a qual a tragédia ambiental que se abateu sobre a cidade americana de Nova Orleans seria um castigo dos Céus pela prática do vodu, similar caribenho da nossa umbanda, presente na cultura local desde o século 18. Mas vemos também, com um certo alívio, que o Tribunal Regional Federal da 3ª Região acaba de garantir, por unanimidade, o direito coletivo de resposta ao Ministério Público Federal e a organizações da sociedade civil, por conta das repetidas ofensas às religiões afro-brasileiras em transmissões televisivas da famigerada Igreja Universal do Reino de Deus.

A principal lição que os bons praticantes das religiões afro--originadas têm assimilado é que todos os seres do universo são detentores de força vital, valor supremo da existência, e que, para se proteger contra a perda ou diminuição dessa energia, deve-se recorrer àquela emanada das divindades e dos espíritos dos antepassados, às quais se chega através do culto ou ritual propiciatório das graças da Energia Suprema.

Isso está em "Mojubá", a série do Canal Futura. E é a grande arma dos candomblecistas, umbandistas e afins, juntamente com a Constituição Federal e a isenção dos bons magistrados do país, contra as arrogantes, tonitruantes e histéricas trombetas – tão incômodas quanto as rajadas de metralhadoras – que vêm tirando a paz de milhões de cidadãos pacíficos, entre os quais me incluo, do Rio e da Baixada fluminense.

A "RAÇA AMALDIÇOADA DE CAM" E AS ELEIÇÕES DE DOMINGO

Às vésperas de novas eleições, com todo o respeito que nos merecem as diversas correntes de pensamento e na estrita observância das normas constitucionais, servimo-nos deste espaço para produzir e divulgar a seguinte reflexão.

Partimos do princípio de que a Bíblia é um importante conjunto de livros eminentemente étnicos, de interesse histórico, jurídico e moral dirigido aos povos judaicos e descendentes. A sacralização desses livros obedeceu a objetivos muito mais políticos que filosóficos, como não aconteceu, por exemplo, com os ensinamentos hinduístas, budistas, taoístas e os ensinamentos não escritos das religiões africanas tradicionais.

Em ambientes onde o pensamento judaico-cristão foi imposto, às vezes de forma violenta, essa sacralização foi admitida pelos oprimidos através de sincretismos e apropriações, como ocorreu, nos Estados Unidos, nas chamadas "igrejas etiópicas" a partir do século 19. Aí, a apropriação que afrodescendentes fizeram de alguns textos bíblicos – por exemplo, simbolizando o rio Jordão no Mississipi, Moisés em alguns de seus líderes, o cativeiro egípcio dos hebreus ao que eles próprios amargavam no Novo Mundo – foi, a nosso ver, puramente estratégica, em sua sincretização.

Hoje, nas periferias das grandes cidades brasileiras, as massas miseráveis, majoritariamente compostas por negros de todos os matizes, anestesiadas principalmente pelo analfabetismo funcional, pelas telenovelas e pelo telejornalismo manipulado ou pelas técnicas de comunicação empregadas por "bispos", "missionários" etc.; essas massas são absolutamente incapazes de trazer o Evangelho para sua realidade, como o fizeram os antigos afro-americanos (inclusive o negro William Seymour, fundador do novo pentecostalismo), em cujas igrejas até hoje se dança, canta, batuca e até se recebe o "Espírito Santo", em transes espetaculares, no mais puro estilo africano.

No Brasil de hoje, amestradas nos limites do fundamentalismo mais emburrecedor, as massas negras, são, no geral, incapazes de refletir sobre sua ancestralidade e sobre os fundamentos de sua opressão. E muito menos de entender que os livros do Velho Testamento, com seus adultérios, roubos, homicídios, sodomizações e estupros, são nada mais que livros históricos. Que inclusive legitimam o racismo contra as "raças escuras", através principalmente de um episódio que vale a pena aqui recordar.

Nele, o patriarca Noé se embriaga ao experimentar pela primeira vez o vinho e adormece nu. Em seguida, um de seus três filhos, Cam, o vê assim despido, acha graça e vai contar o que viu aos irmãos. Estes pegam um véu, vão até seu pai e o cobrem, sem que ele os veja. Mas depois narram-lhe a zombaria de que fora objeto.

Noé fica furioso e decide amaldiçoar Cam. Mas Cam já fora abençoado. Então, o patriarca descarrega toda a sua cólera sobre seus futuros descendentes, condenando-os a serem escravos de seus parentes. É então que, após o Dilúvio, no assentamento das populações humanas sobre a Terra a partir dos três filhos de Noé, aos descendentes de Sem (os semitas) cabem as margens orientais e meridionais do Mediterrâneo; aos de Jafé (jafetitas), as margens setentrionais e ocidentais desse mar; e aos de Cam (camitas) as terras desconhecidas da África, até sua extensão mais longínqua. Os filhos de Cam tornam-se, então, segundo a Bíblia, a origem de todas as populações negras. De onde se conclui: os negros são os herdeiros naturais da escravidão. Daí, a escravidão negra ter sido perfeitamente legitimada e o tráfico de escravos africanos aparecer, desde então, como um meio providencial de escravização.

Versão evidentemente lendária, mas tendo, como todo mito, seu mitologema, isto é, um fato real que o originou (e os textos bíblicos foram escritos muito posteriormente aos acontecimentos que narra), essa passagem do Gênesis é a fonte primordial do racismo antinegro ainda imperante no mundo.

A interpretação literal da Bíblia, como é feita pelas seitas barulhentas que pululam aqui pela vizinhança – essas que demonizam as religiões afro, lutam contra a cultura afro--brasileira e privilegiam o "louvor gospel", de claro interesse da indústria fonográfica pop, em seus templos, televisões, gravadoras e até em absurdos cultos realizados nos meios de transporte público –, vê então os negros como a "raça amaldiçoada de Cam".

Por isso, nas eleições de domingo, nós aqui no Lote, abençoados que somos, não votaremos em nenhum desses "pastores", "ministros" ou "missionários" neopentecostais, fundamentalistas e criacionistas que andam por aí nos amaldiçoando e enchendo o saco – o nosso, de aborrecimento, e o deles, de dinheiro.

E você?

ME AND MS. RICE

Procuro pelo sobrenome "Rice" no *African America: Portrait of a People* e só encontro a biografia de um atleta. Vou à portentosa enciclopédia Africana... e nada de "Rice". Aí, chego ao Google e apenas fico sabendo que Ms. Condoleezza nasceu em 14 de novembro de 1954. E confirmo que é secretária de Estado da nação mais imperialista e belicista do mundo.

Mas não é isso que eu procuro. Nem me interessa se ela é "analfabeta", como disse o bolivariante Hugo Chávez. O que eu quero é saber por que aquele sorriso terezo-cristino me cativa. E o que me lembra aquele jeitinho tímido e aquele cabelinho armado (Epa!).

Tudo isso após a visita, que vi na TV, da todo-poderosa Condoleezza a Salvador, onde um neguinho lhe pediu 1 real, em italiano (certamente pilhado pela sonoridade do seu prenome) e o inimaginável Carlinhos Brown galanteou-a chamando-a de "sexy".

É sexy, sim, a "Condoliza", Carlito Marrom! E tem mesmo que pedir 1 real a "Dona Condolência", Neguinho do Pelô!

Agora... dizer que o sorriso dela em Salvador era o "riso frouxo de um turista em férias nos trópicos", como escreveu um garotão desses aí do *Globo*, é realmente desconhecer o que se passa nos desvãos da alma da gente negra. E W.E.B. Dubois (1868-1963) sabia do que eu estou falando.

Pois foi exatamente Dubois que, juntando pé com cabeça, mostrou a nós que existe um elo ligando a gente escurinha dos EUA com a da América Central e do Caribe, que se liga com a do Brasil, com a do Peru, e até da Bolívia, passando pelo Prata, um amarradinho no outro. Esse elo, chamado "África", não deixa a gente se soltar de jeito nenhum. Onde quer que a gente vá, ele segura a gente. Mesmo que a gente, sendo secretário de Estado da nação mais imperialista e belicosa do mundo, não deva perceber. Mesmo que a gente, por ter a pele um pouco mais clara e o cabelo menos encarapinhado, não queira aceitar.

E o caso é que quando ms. Condolleeza Rice nasceu, eu estava no 2º ano ginasial me preparando para levar bomba em matemática depois de um balaço ter apagado o sorriso do Velhinho no Catete. Ela com 10 anos, eu estava às voltas com um IPM no saudoso Centro Popular de Cultura do CACO, ali perto do Campo de Santana. Quando ela se formou em Ciências Políticas, eu já tinha me perdido nos labirintos da Justiça fluminense e caído de cabeça no samba. E no ano em que ela se tornou professora em Stanford University, eu publicava meu primeiro livrinho, predizendo o que iria acontecer com as escolas a partir dali.

Na década de 1990 ela começava a ser poderosa. Então, bem que a Africana podia ter feito um registrozinho dela. Como eu fiz em 2004 na minha modestíssima "Enciclopédia Brasileira da Diáspora Africana" – que contempla até (sem entusiasmos, claro!) sobrenomes como um certo "Timóteo" e outros menos votados.

* * *

O sorriso de Condoleeza em Salvador – e é aí que eu quero chegar – era o sorriso do espelho, aquele que a gente dá quando se olha e se vê bonito. Como eu dei quando folheei pela primeira vez a revista Ebony e vi aquele monte de crioulos e crioulas bem vestidos, realizados, saudáveis – num tempo em que no cinema, no gramado, nas primeiras páginas, o que eu via era o Grande Otelo sendo sacaneado, o Barbosa sendo execrado, e as caras facinorosas de Zé da Ilha, Tião Medonho, China Preto, presos ou "devidamente" apresuntados.

Então, o que eu quero, e é preciso mostrar, é que Condoleeza riu-se. E que naquele riso, o que se viu foi uma irmãzinha, num sábado dos anos 1960, arrumada pra festa. E isto depois de ter encerado a casa toda com o velho escovão, pesado pra cacete, depois de ter feito as unhas de cinco colegas na varandinha de casa pra arrumar um trocado. E, aí sim, banho tomado, cheirosa e charmosa, tirar os rolinhos do cabelo, caprichado no henê, e ir dançar na festa, que nenhuma dama é totalmente de ferro.

SE VOCÊ QUER SER MEU AMIGO...

Se você quer ser ou continuar a ser meu amigo, por favor, e se possível, tome as seguintes providências:

1. Me diga se é verdade que existe uma música "jovem" e outra "velha". E que jovem é só aquela produzida a partir do eixo anglo-saxônico ou com o aval desse eixo.
2. Me explique por que crianças das escolas públicas estão concluindo, hoje, o antigo curso primário sem saber ler nem escrever.
3. Me veja se o termo "banda" (do inglês *band*), com que se denomina hoje qualquer grupo de música pop, não seria melhor traduzido como "bando", já que "banda" é tradicionalmente um grupo musical à base de metais.
4. Me esclareça por que o samba continua a ser visto apenas como um "ritmo" enquanto o rock é "atitude" e o tropicalismo é "movimento".
5. Me conte por que telenovela tem que ter trilha sonora internacional.
6. Me esclareça por que as iniciativas em prol da cidadania dos excluídos tem sempre o hip-hop como pano de fundo.
7. Me faça entender por que o olhar do cinema brasileiro sobre os afrodescendentes optou pela miséria das favelas.

8. Me ensine se são as editoras grandes que fazem os escritores mais vendidos e premiados ou se são os grandes escritores que fazem as grandes editoras.
9. Me responda por que a televisão se posiciona contra a violência urbana e continua programando aulas de brabeza em coisas como "Tela Quente", "Temperatura Máxima", "Linha Direta" etc.
10. Me fale por que tudo o que é bom, hoje, é "maravilhoso", toda programação de boate é "balada", e todo grupo de pessoas é uma "galera".
11. Me oriente sobre como usar direito o boné, pois eu ainda uso com a pala pra frente, protegendo os olhos da claridade.
12. Me diga se eu estou ficando velho demais pra compreender que é assim mesmo, que a gente tem mais é que botar a viola no saco e se eu estou errado iniciando períodos com pronome oblíquo.

BOLOLÔ

MANIA DE DICIONÁRIO

Esse negócio de fazer dicionário, enciclopédia, é que nem cachaça. De repente, sem perceber, você está pensando um montão de bobagens e verbetizando em ordem alfabética. Vejam só:

AFRESCO: Qualificativo do artista plástico que é ao mesmo tempo militante negro e homossexual.

ASARADÃO: Rei da Assíria. Tremendo pé-frio, entornou a Caldéia e perdeu o Elan.

BELEROFONTE: Herói mitológico grego. A bordo do barco Calypso, também conhecido como Banana Boat, ficou famoso como cantor dos boleros Quimera e Pégaso.

BETÂNIA: Cantora baiana ocupada por Israel sobre o monte das Oliveiras.

BIXA ORELLANA: Apelido dado pelos portugueses ao navegador espanhol Francisco Orellana, o qual recebeu dos índios, com os quais pintava (no corpo a corpo), o nome nativo de Uru-cu.

BORDÉUS: Cidade portuária do sul da França. É a maior zona, ostentando, entretanto, uma prostituição singular.

BORRACHUDO: Gênero de insetos voadores da família dos Semfundus, classificado pelo entomologista chinês Chiang-Kai-Shek.

COCO CHANEL: Diz-se da mulher presunçosa, metida a cagar cheiroso.

CRESCENCIA CUJETE – Solteirona empedernida, também conhecida entre os botânicos como Cabaceira.

DIÓXIDO DE CARBONO – Historiador grego. Escreveu sobre os efeitos ambientais do repolho servido aos soldados troianos no interior do célebre cavalo de pau.

DIREITO CANTORAL – No México, remuneração a que os cantores de boleros como "La Barca" e "El Reloj" fazem jus, pela execução pública de suas interpretações.

DÍZIMO: Jogador de futebol brasileiro, reserva da seleção de 1954. Terminada a carreira, dedicou-se ao ministério evangélico.

DOCA STREET: Rua da cidade praiana de Búzios, marginal ao cais.

ENFITEUSE: Decoração com fitas, usada nos tribunais cíveis da França no séc. XVII.

EQUADOR: Linha imaginária traçada ao redor do triângulo na representação gráfica da equação de 90°, temperatura em que entra em ebulição o ângulo reto.

EQUINÓCIO: Denominação das duas datas anuais nas quais, à noite, os equinos ficam doidos pra trepar.

ESCOLA DE FRANKFURT: Estabelecimento de ensino alemão, dedicado à formação de técnicos no fabrico de salsichas. Seu maior expoente foi Adorno, um cara que gostava de enfeitar.

ESCOLÁSTICA: Nas escolas de samba, admoestação violenta feita pelos diretores de harmonia às pastoras negligentes.

ESPÁRTACO: Espécie de colete usado pelos gladiadores romanos.

ESTRÔNCIO: Halterofilista mineiro, nascido em Cataguazes, em 1990.

EUFRATES: Sociedade esotérica e de caridade cujo símbolo é um tigre.

EUGENIA EDULIS: Mulata gostosa, muito comestível, também conhecida pelo nome de Cambucá.

FAGÓCITO: Instrumento musical que absorve e engloba bactérias e células musicais estranhas, o que lhe confere um som anasalado e muito característico.

FAUSTO: Jogador de futebol afro-brasileiro que vendeu a alma ao Demônio em troca de sua convocação para a seleção de 1930. Ludibriado pelo Sujo, foi transformado num branco grandão, gordo e chato e condenado a transformar os domingos numa sucursal do inferno.

FENDA PALATINA: Espécie de canyon onde moravam os deuses da Roma Antiga.

FOTOSSÍNTESE: Fotografia que diz tudo, sem precisar de legenda.

GEISER: General brasileiro que lançava na atmosfera, a intervalos, jatos de vapor e água superaquecida.

GORDON SETTER: Ator cinematográfico escocês. Celebrizou-se no papel de Rin-Tin-Tin.

HAXIXE: Dança oriental lasciva e de efeito entorpecente.

HIDRA DE LERNA: Revolucionário equipamento de combate a incêndios, em forma de uma serpente de sete cabeças, criado pela Prefeitura de Curitiba.

KAGANOVITCH, L: Estadista russo, íntimo colaborador de Stalin. Quando não mandava na entrada, mandava na saída.

KAISER: Título dos governantes do Sacro Império Romano Germânico e da monarquia alemã moderna. Foi abandonado porque provocava diarréia e uma puta dor de cabeça no dia seguinte.

LENOCÍNIO: Crime de que foi acusado o assassino de John Lennon, criador do Leninismo.

MISTECAS: Povo pré-colombiano do sudoeste do México. Foram os inventores do T-Bone Steak apimentado.

MORGADINHA DOS CANAVIAIS, A: Aquela soneca rápida que os trabalhadores das plantações de cana Júlio e Diniz tiram, depois de comer sua bóia fria.

NEGRITUDE JÚNIOR: Grupo de pagode constituído, no eixo Antilhas--Paris-Senegal por Henri Senghor, Aimé Césaire e outros velhinhos transviados, depois de assistirem ao filme "Cocoon".

PILHA DE VOLTA: Bateria de 12 volts recarregável.

VALE DO PARAÍBA: Adiantamento de salário, outrora (antes do politicamente correto) feito aos operários da construção civil.

DICBEST, O DICIONÁRIO DE BESTEIRAS

Nosso dicbest também vai muito bem. Vejam, aí, os verbetes recém-incorporados, por conta de nosso mergulho na Antiguidade.

FENÍCIOS: Povo de poetinhas, marinheirinhos, cheios de diplomaciazinha, foram considerados os brancos mais pretos da Antiguidade, saravá!

HERÓDOTO: Barbeiro, contador de histórias. Ganhando, numa dádiva do Nilo Batista, a concessão de uma rádio que só tocava notícia, passou a ser conhecido como o "Delta do Nilo". Mas, diga-se de passagem, seu bom humus fertilizou o radiojornalismo brasileiro.

IÊMEN: País ao sul da Península Púbica. Sua unidade foi rompida com a paulatina penetração de povos como prepúcios, glandes, pênis, eretos, vibrators e outros.

MITRÍDATES, REI DO PONTO: Contraventor, foi o patrono da Escola de Alexandria. Segundo outras versões, era ogã de umbanda, e juntamente com o macedônio Filipão, foi um dos maiores tiradores de curimbas das antigas, daí Seu Epíteto – que, por sinal, era o nome de seu pai.

TÍTULOS (HONORÍFICOS) SEM PROTESTO

É, gente... Depois de um antiquário "Coisa da Antiga", do "Candongueiro" dos queridos amigos Hilton e Hilda, do grupo "Água de Moringa", do "Fidelidade Partidária", de Belo Horizonte, e até de um motel na Rio-Magé chamado "Gostoso Veneno" (juro que é verdade!), chega ao Lote a notícia da existência de um grupo de samba de Juiz de Fora chamado "Tempo de Dondon". Pois é... Acho que nós aqui somos bons de botar título, mesmo! Então, vamos sugerir outros, para nomes e marcas, tirados de nossas canções – o que só nos honra. Escolham!

ÁGUA DE BARRELA: Marca de cerveja "baixa renda"

BAILE NO ELITE: O próprio

BOLOLÔ: Boate de pit-boys

CABOCLA JUREMA: Igreja evangélica

CAÍDO COM ELEGÂNCIA: Brechó

CHAVE DE CADEIA: Escola de samba

COCO SACUDIDO: Barraca na orla

CORPO MESTIÇO: Óleo bronzeador

DEBAIXO DO MEU CHAPÉU: Loja de guarda-chuvas

E EU NÃO FUI CONVIDADO: Produtora de eventos

ESPARRELA: Instituição financeira
FESTA DA DENTADURA: Oficina de protético
FIM DE FEIRA: Escola de samba do 3º grupo
FIRME E FORTE: Academia de malhação
GOIABADA CASCÃO: Clínica dietética
GOTAS DE VENENO: Cachaça vagabunda
IGUAIZINHOS, NÃO: Boate exclusiva para heterossexuais
LOURA LUZIA: Salão de cabeleireiro black
LUXUOSOS TRANSATLÂNTICOS: Grupo no Iate Clube de Ramos
MINHA ARTE DE AMAR: Casa de massagens
MIRONGA DO MATO: Casa de ervas no Mercado de Madureira
MISSÃO CUMPRIDA: Grupo de extermínio
MOCOTÓ DO TIÃO: Restaurante na região dos Jardins, São Paulo
MULHER DE PALETÓ: Idem, atelier de alta costura
NA INTIMIDADE, MEU PRETO: Agência de empregos domésticos
NÃO FOI ELA: Escritório de advocacia especializado em defesa de mulheres
SANDÁLIA AMARELA: Sapataria gay
SENHORA LIBERDADE: Cachaça boa
SOLUÇÃO URGENTE: Detetive particular
TE SEGURA: Empresa seguradora
VENDEDOR DE ILUSÕES: Clínica de impotência
VOU TE BUSCAR: Cooperativa de táxis

O SAMBA RECEBENDO

Quando leio a programação de samba da Agenda do Samba & Choro (aliás, só lá é que tem) e vejo aquele negócio do "Fulano recebe Sicrano", começo a pensar besteira. Tipo assim, ó:
— Mart'nália recebe Agrião e faz uma tremenda rabada na Vila.
— Agrião recebe Bombril e deixa as panelas tinindo.
— Barbeirinho recebe Cabelinho e raspa com a navalha.
— Luiz Carlos da Vila recebe Sapato e deixa de andar de chinelo.
— Efson recebe Jovelina e a plateia sai correndo.
— Luiz Grande recebe Fundo de Quintal e exige o terreno todo.
— Nelson Sargento recebe Pelado e deixa as visitas chocadas.
— Jamelão recebe Tantinho da Mangueira e reclama que é muito pouco.
— Seu Jair do Cavaco recebe Sete Cordas e devolve três.
— Monarco recebe Sarabanda do Jacarezinho e promete ir à forra.
— Zé Luiz recebe Confete e joga tudo pro alto.
— Arlindo Cruz recebe Sereno e exige Sombrinha.
— Cláudio Jorge recebe Xangô e bota fogo pela boca.
— Luis Filipe de Lima recebe Revelação e vira pastor evangélico.

DA SÉRIE "O SAMBA RECEBENDO"
... EM SÃO PAULO

– Murilão recebe Quinteto em Branco e Preto e manda colorir.
– Padre Marcelo Rossi recebe Demônios da Garoa e exorciza.
– Paulo Vanzolini recebe Talismã e diz que não é supersticioso.
– Eliana de Lima recebe Seu Nenê e batiza com o nome de Leandro.
– Germano Matias recebe Penteado e depois se descabela.
– Jangada recebe Pato N'Água.
– Adoniran recebe Mercadoria e é preso como receptador.
– Almir Guineto recebe Originais e manda fazer cópias.
– Negritude recebe Netinho e manda pra casa da vovó.
– Raça Negra recebe Rosas de Ouro e penhora na Caixa Econômica.
– Leci Brandão recebe Travessos e bota de castigo.
– Luizinho SP recebe Prateado e manda dourar.
– Carmo Lima recebe Sílvio Modesto e depois fica presunçoso.
– Zelão recebe Cidão. E se não dão, deixa pra lá.

OS MELHORES DO ANO

Seguindo uma tradição do mais puro jornalismo de variedades, o sempre isento e insuspeito júri do Lote escolheu os melhores do ano nas variadas categorias do entretenimento, da cultura e até da anatomia brasileiras.
The winners are...
Melhor Banda: a do Corpo de Bombeiros.
Melhor Galera: a do pirata da perna de pau, que nos verdes mares não teme o tufão.
Melhor Balada: "Balada Triste", de Dalton Vogeler e Esdras Silva, na voz de Ângela Maria, a Sapoti.
Melhor Canção: o vinho tinto da venda aqui em frente: custa R$ 0,30 o copo cheio.
Melhor Pagode: o templo de Buda em Nakayama.
Melhor Dupla Sertaneja: a enxada e o ancinho.
Melhor Grupo de Louvor: o cordão dos puxa-sacos.
Melhor Clipe: aquele de plástico, que não enferruja.
Melhor CD: o Corpo Diplomático.
A Mais Descolada: a retina.
Melhor Celular: a prisão individual, incomunicável.
Melhor Delegado: o da Mangueira.
Melhor Ministro: o da cuíca, neto de Tia Ciata, que tocava na escola de samba do Herivelto Martins, no carnaval Brahma Chopp.

Melhor Senador: Dantas.
Melhor Dirceu: o da Marília.
Melhor Presidente: o conhaque.
Melhor Rádio: o osso do meu antebraço direito.
Melhor Audiência: a da 6ª Vara de Família.
Melhor Escola: o parnasianismo.
Melhor Harmonia: aquela praça da Gamboa.
Melhor Conjunto: calça, blusão e sapato sem meia.
Melhor Bateria: a do meu Chevette 74.
Melhor Comissão: a de 50%.

(colaboraram Mary Christmas e Rap New Year)

LINHAS DE ALFE

Manja aquele papo de futebol da antiga, com beque, centeralfe e centerfor, com aquelas escalações tudo ritmadinhas? Pois é... Rolava essa conversa ontem aqui na esquina, no "Café e Bar Cesárias de Évora".

Foi quando o Tião Catuaba, que sabia tudo, resolveu tomar umas de graça, por conta do Seu Albino Lobarinhas:

– Diz aí o time e o ano, Albino! Cada trio de goleiro e beques e cada linha de alfe que eu acertar, você libera uma Da Roça. Mas só vale linha de alfe e trio final!

Seu Albino topou, chegou junto. Aí, puxou bem pela memória e mandou:

– Basco! Linha de alfe, 1942.

– Alfredo, Figliola e Argemiro! – Tião respondeu na bucha.

– Andaraí, trio final, 32.

– Nabuco, Aragão e Dondon – Tião rebateu no ato.

– Votafogo, linha de alfe, 52.

– Arati, Bob e Juvenal – Tião mandou de trivela.

O desafio já durava quase 1 hora e o Tião já tinha um crédito de mais de dez doses, fora as cinco que já tinha virado. Aí, começou a apelar e mandar tudo quanto era trio que lhe vinha na cabeça, naquele ritmo certinho.

– Reco-Reco, Bolão e Azeitona... Sena, Maná e Rosa... Javari, Juruá e Purus... Piano, Baixo e Bateria... Santa Maria, Pinta e Nina...

Mas, nessa última, Seu Albino chiou:
– 'Xpera aí, ó pá! Nessa eu te p'guei! Santa Maria, Pinta e Nina foi a linha de alfe do São Cristóvão... não, 'xpera aí ... do América... não! ... Ah! Lembrei! Foi da seleção da Culômbia! Em 1492!

O ESPÍRITO OLÍMPICO NA BAIXADA

Domingo, o Espírito Olímpico andou pelas ruas do Rio. E na segunda, de bobeira, deu um rolé pela Baixada. Menino... Nem te conto!

Quando o pessoal do "Ministério Presbítero-Congregacional do Evangelho da Chama Quadrangular dos Últimos Dias" viu aquela tocha, primeiro começou a berrar, histericamente, que era a vitória do Espírito Santo. Mas, depois, quando viu o tênis Mizuno, o calçãozinho Adidas e o bonezinho Nike, sentiu que o papo era outro e mudou o teor da gritaria:
– Dizima ele! Dizima ele! Dizima! – ululava a massa neopentecostal.

O Espírito Olímpico ficou apavorado: no meio daquelas valas negras, crateras nas ruas, bocas de fumo, aerrequinzes, escolas sem professores; no meio daqueles orelhões quebrados, ônibus piratas, hospitais sem esparadrapo e escolas sem professores, não tinha pra onde correr.

Até que um pastor, analfabeto funcional, mas de carro do ano, especializado em exorcizar encostos e debelar rebeliões, o tranquilizou, beatificamente:
– Calma, irmão Olímpio! Calma! Tá tudo dominado! Eles não quer te fazê mal. "Dizimar" aqui não é ripar, exterminar, não! "Dizimar" é pagar o dízimo! Bota aqui na sacolinha, bota!...

MARINA E A PROVA DA VELA

Marina tem 19 anos e sempre foi desinibida. Desde os 12, pelo menos, quando, com aquele corpão de 18, endoidava a garotada e os coroas da vizinhança.

Tem a quem sair, a Marina! Pois a Glória, sua mãe, também tem um passado airoso, iniciado ali atrás do cemitério de Irajá, chegando ao Campo da Light em Madureira e culminando numa certa rua perto da Presidente Vargas, nas imediações da atual sede da Prefeitura. Onde, aliás, por artes de Cupido, o feliz casamento com o saudoso Seu Acácio do Armazém encerrou sua brilhante trajetória profissional (hoje ela trabalha por esporte) e a fez realizar o sonho da casa própria.

Mas a filha, Marina, está indo muito mais longe! Pois driblou toda a carência da nossa periferia e fez sua carreira solo, de "modelo e manequim" aqui mesmo, aprimorando técnicas pré-existentes, como o carro alegórico, o frango assado, o santos dumont, a bicicleta sem braço, e inventando outras como, por exemplo, o "duplo twist carpado", vergonhosamente plagiado por uma ginastazinha do Rio Grande do Sul.

Mas, agora, Marina está assustada. E tudo por conta de uma notícia de jornal.

É que o Dezói, ontem, leu pra ela, na banca do André, a seguinte manchete sobre o Pan:

– Ih, olha aqui! "A Marina da Glória vai ser usada para provas de vela".

Marina, tadinha, está assustada, porque essa ela não conhece. Mas a Glória, do alto de sua erudição, a tranquiliza:

– Relaxa e aproveita, minha filha! De repente, com essa, você sobe no pódio. Com champanhe e tudo...

SE CORRER, O BISPO PEGA. SE FICAR...

Baixada, julho, 2004. A "madame" encontra a ex-empregada:
— Oi, Chica, tudo bem?
— Ah, agora tá, Dona Marlene. Tudo na paz. Em nome de Jesus.
— O menino, tomou juízo?
— Tá trabalhando, Dona Marlene. Ganhando bêinnn! Trezentos por semana. Ô, Glória!
— Tsk, tsk... Sei... E a menina?
— Vai até casar, Dona Marlene!
— Mas...
— Conheceu ele lá dentro, na visita.
— E ele?
— Cento e cinquenta e seis. Combinado com... parece que é dezenove, não sei bem.
— Quando é?
— Estão só esperando sair a semiaberta.
— Que bom que está tudo bem, Chica! Tchau!
— Vai na paz, irmã! Aleluia!
(PANO EXTREMAMENTE RÁPIDO, COMO DIZIAM AS ANTIGAS RUBRICAS TEATRAIS)

BUMBUM PRATICUMBUM PRUGURUNDUM

Para contribuir um pouquinho com o clima dos ensaios técnicos, dos protótipos e disso tudo que a nossa querida mídia insiste em chamar de "folia", venho por meio deste fazer algumas propostas para o próximo carnaval. Proponho que se instituam, no julgamento das escolas, novas unidades de medida, no lugar daqueles "dez, nota dez" antes tão imperiais e hoje tão perlingeiros.

O quesito "evolução", proponho que seja julgado em "darwins" ou "spencers", tipo assim: "Mangueira ... 10 darwins!"

"Bateria", proponho o julgamento em "voltas" (em memória do físico italiano Alessandro Volta, que em 1800 inventou a pilha elétrica).

No item "concentração", acho que as notas devem ser dadas em "yogas". "Dispersão", em "jânios". E por aí vai...

Finalmente, proponho que a interpretação do samba seja julgada em atenção ao abalo por ele produzido nas arquibancadas do setor 1. E esse abalo deverá ser mensurado por tanto ou quantos graus ele atingir na "escala Richa".

Richa, hoje "Rixxah" por causa da numerologia e trabalhando como coralista em gravações, é o maior cantor de samba que já cruzou a avenida, desde a década de 1980, quando estreou no sambódromo, defendendo as cores salgueirenses.

Meu amigo Haroldo Costa sabe de quem é que estou falando.

O REDE GLOBO

O amigão chega pra mim e diz:
— Puxa, Meu Ídolo! Não dá pra ir ao teu show porque eu tenho uma audiência na Vara de Família!

Outro dia, o papo só muda de vara:
— É, rapaz, não deu: tive uma audiência na Justiça do Trabalho...

Mais outra ocasião, e o papo se repete:
— Ah, que pena! Segunda-feira não dá que eu tenho uma audiência na Vara Criminal de Campo Grande.

Aí, eu me toco, lembro que o cara não é advogado nem trabalha na Justiça... e sinto que ele está de fato enrolado.

Então, o vejo, três semanas depois, lá do outro lado da rua, e grito, pra todo mundo ouvir:
— Fala, Rede Globoooo!!!

Ele atravessa, cara de quem não entendeu, e eu explico:
— Ora... Tu é ou não é o campeão de audiência?!

A CONVENÇÃO DE GENEBRA
E OUTROS TRATADOS

Semana passada, um grande número de bebuns, biriteiros, pé-de-canas, esponjas, pau-d'águas, pão-doces, inchadinhos, etc, presididos pelo Joacir Blecaute – qualquer dia desses a gente apresenta melhor a personagem – reuniu-se para fundar uma nova tendinha, aqui perto do Lote. O objetivo era a melhoria do tratamento dos feridos, doentes e náufragos, vítimas do mau humor do Bestalhão, português dono da "Conferência de Samba em Berlim", a tendinha antes por eles frequentada, bem como a proteção dos signatários (todos eles biscateiros, sem Instituto, SUS, essas perfumarias) em caso de crise de abstinência.

Genebra é bom pro estômago, todo mundo sabe. Por isso, a aristocrática bebida foi eleita a madrinha, a patronesse da Convenção, que, diga-se de passagem, nada tinha a ver com o guaraná homônimo.

Após muita discussão, regada a um copázio da "madrinha" a cada frase, o tratado foi assim redigido:

"Art. 1º – É expressamente proibido o consumo de cerveja ou de qualquer outro refrigerante gaseificado neste estabelecimento;

Parágrafo 1º – Tira-gosto, só mesmo em caso de extrema necessidade;

Parágrafo 2º – Baixa-gastronomia é coisa de... deixa pra lá... "
O problema foi na hora de assinar o documento, no papel da carne-seca. Blecaute, que ainda não tinha tomado a primeira, tremia tanto que o lápis de carpinteiro, aquele meio largo e chato, foi parar no olho esquerdo do Pernambuco, seu amigo de fé, irmão e camarada.

MORAL DA HISTÓRIA: Quem não tem SUS não faz trato com pinga. (E o Ministério da Saúde se diverte...)

PARREIRA E A POMADINHA JAPONESA

Manja aquela pomadinha japonesa que os camelôs vendiam na Central? Pois é... Tá aqui no jornal que um gel com a mesma finalidade está sendo desenvolvido na Inglaterra e vai poder ser vendido até sem receita médica.
Quem chega com a grande novidade no Convenção de Genebra, o mais afamado reduto da disfunção erétil daqui de perto do Lote é o Romário, que joga nos Veteranos da Veterinária e entende paca do assunto.
Ouvindo isso, o Parreira, que estava murcho, murcho, num canto, se anima um pouquinho. E eu explico: Parreira é o apelido de um Veterano da Agronomia, especializado em plantação de uvas, mas que, de repente, não se sabe por que, virou um bagaço...
– Já fizeram experiência com macaco e deu certo. Mas macaco, sabe como é que é, né? Só pensa em sacanagem. Então agora estão recrutando homens para as experiências – conclui o Romário, no que o Zé Galo, ainda mais murcho que o Parreira, fala, a voz quase inaudível:
– Parece que o Filipão tá nessa.
Filipão, explico de novo, é um ex-cliente aqui do Convenção que saiu da lama e agora só vai de açaí com granola. Mas, nessa, o Moraci, que mora aqui, mas bebe ali, do outro lado da rua, confirma:

– Filipão fez a experiência, sim! E chegou na semifinal.
– Como assim? – pergunta o Romário.

– É que na hora xis, quando parecia que ia pra prorrogação, Dona Itália, a patroa dele, foi primeiro e ele não conseguiu acompanhar. Aí, ele ficou molenga outra vez.

Parreira, tristinho, não conseguiu nem mover os pequenos lábios. Mas pensou um palavrão cabeludo, que eu li no seu pensamento.

MAMBO JAMBO NA FAVELA

Don Lázaro Valdés é um negro cubano aí na faixa dos 70. Sacudido, forte, saúde boa e cabeça melhor ainda, mora no Rio, perto do campo do Vasco, há uns oito anos, e já está completamente integrado à vida carioca.

Quem o vê tomando uma cerveja na CADEG, boné branco, camiseta do "Sorri Pra Mim", guia no pescoço, bermudas, sandálias, encostado no balcão, se não escutar sua voz, vai achar que é um "nativo", um crioulo-padrão, sambista da Mangueira, estivador, arrumador, nego do cais-do-porto.

Mas mesmo abrindo a boca, Don Valdés engana. O sotaque já não é tão acentuado. E o portunhol está mais pra *porto* que pra *nhol*. E em substituição ao "Valdés", já ganhou da vizinhança até outro nome: "Seu Valdeir".

O único problema de Seu Valdeir ainda é o trânsito carioca e a confusão dos viadutos, vias expressas e ruas com grades, que ele não consegue entender de jeito nenhum. E é assim que ele, no seu Aero-Willys 59, azul-vermelho-creme, já foi parar em Saracuruna, querendo ir pro Jardim Botânico, já chegou a Grumari pensando que estava em Pendotiba e, noutro dia, ansiando curtir uma praia, de sunga e óculos escuros, tipo Varadero, acabou por dar com os costados no epicentro de uma favela salsa e merengue, chapa-quente.

A rapaziada do movimento, quando viu aquele carro, primeiro achou engraçado. Mas logo, logo cada um amarrou convenientemente a cara, sugestionando, e um deles perguntou onde o negão tava pensando que ia.

– Coño, sócio! – disse ele, respondendo, carregado na cubanidad, ao que parecia ser o chefe dos soldados – Ave Maria Purísima! *Candela este verano en el Rio, verdad?! Y a mi me gustaria una cerveza! No les gustaria a ustedes? Como no?! Bien hielada!* Os soldados, armas engatilhadas, não entenderam chongas e ficaram boladões. Um, sacando o som "colombiano", pensou que era gente de cima. Mas um outro, mais esperto, percebeu que o crioulo gringo tava a fim mesmo era de uma cerveja, pra refrescar a chapa daquele domingo escaldante.

E então as ampolas começaram a ser abertas, "Seu Valdeir" deixando o portunhol de lado e carregando na língua do bairro Jesús Maria. Falando o mais africaribenho possível, misturando até termos de jerga abakuá no papo, e com a cabeça lá fora, bolando um jeito de sair daquela enrascada.

Até que os novos amigos descobriram tratar-se de um cubano, morador perto da Barreira do Vasco. Aí, o papo fluiu gostos – pra eles, é claro, pois o nosso Valdés só pensava no jeito de se mandar daquele ambiente, antes que uma bala perdida ou um caveirão invadissem seu domingo de praia.

Cerveja vai, cerveja vem, apesar do medo, "Seu Valdeir" e os traficas foram ficando íntimos. Até que um deles, simpático depois de umas três cafungadas, quis saber como era Cuba, como era o "movimento" por lá.

– Marijuana! – respondeu lacônico, o nosso cubano. E ante a decepção da rapaziada com mercado tão pouco diversificado, oferecendo tão poucas oportunidades, fruto certamente do bloqueio americano, o nosso Don Valdés, já entrando no Aero Willys – sem gastar um tostão, pois o dono da boca fez questão de uma "presença" com o visitante ilustre, embaixador da nação amiga, "pátria do finado Guevara" –, mandou, já no portunhol:

– Y *es solo* um cara que fuma!

Ante a incredulidade geral, acrescentou, já engatando a primeira e se arrancando:

– *Como vocedes acham que alguién consigue hacer um discurso de mais de diezocho horas sin parar ni pa dar una mijada?*

O BOM VELHINHO DE IRAJÁ
(Conto de Natal, RN)

Seu Noel, velho faceto, safadinho, ex-brincante de antigos pastoris, resolve passar as Festas no seu nordeste. E, três dias antes da Noite Feliz, lá está ele num famoso bordel da capital potiguar, todo de vermelho, inclusive o boné, que tem um pomponzinho branco, o traje complementado com cinturão e botas pretas. Escolheu a Natalina, a mais bonita e mais cara das meninas. Mulherão, tipo Roberta Close, salto 7 e meio, cinta-liga, a quenga informa o câmbio, dengosa:

– 500 réais, bichinho!

Seu Noel, sem titubear, mete a mão na carteira, paga adiantado e passa uma hora de sexo selvagem, desenfreado, tirando da sacola aquela ruma de instrumentos e aparelhos, elevando Natalina a excelsitudes inimagináveis de loucura e prazer.

Na noite seguinte, o bom velhinho aparece, novamente, e chama pela Natalina.

Ela estranha, dizendo que nenhum cliente dela veio duas noites seguidas. E vai logo avisando que não tinha porra nenhuma de desconto, nem pelo prazer nem pela fidelidade.

Seu Noel, então, com aquela sua carinha safada, tira mais 5 notas de 100 reais e entrega à garota, que o conduz ao recôndito do tristemente célebre lupanar da capital norte-rio-grandense, onde a sessão se repete – e tome polca! –, ainda melhor que na véspera.

Na noite seguinte – pasmem os amados leitores do Lote! –, mais uma vez o bom velhinho entrega o maço de notas à messalina e tornam a ir para o quarto. É, então, que ela, terminada a refrega, não resiste e pergunta ao coroa:

– Oxente! Nunca nenhum cabra da peste usou os meus serviços três noites seguidas, porque eu sou a melhor quenga deste brega e cobro muito caro. Se é que por mal lhe pergunte: de onde é o senhor?

– Sou do Rio de Janeiro, minha filha. De Irajá. – responde Noel, com aquele seu olho de peixe morto.

– Fala sério? Que coincidência! Eu tenho uma irmã que mora no Rio. Justamente em Irajá!

Seu Noel, então, ajeitando o gorrinho vermelho de pompom branco na cabeça encanecida, arremata, ao som da harpa de Luís Bordón que toca lá no salão:

– Eu sei. Foi ela que me pediu para lhe entregar os 1500 reais!!!

(Historinha ricamente adaptada de texto recebido via internet)

AQUECIMENTO GLOBAL

Aqui no Lote e na vizinhança não se fala de outra coisa. É "aquecimento global" pra lá, "aquecimento global" pra cá... Mas ninguém sabe direito o que é. E aí, tome de opinião, entre uma lapada e outra de 51, entre uma e outra caneca de vinho "Sultão", entre um versículo e o seguinte do Apocalipse, ao som de mais um desafinado "louvor gospel".

– Chegou a hora do juízo! E quem nunca teve, vai ser cozido feito costela abafada no forno do Maldito!

Isso, quem berra é o ministro Ebenézer, do Tabernáculo Hexagonal das Sarças de Fogo do Monte Horebe, o qual, em seus tempos de folia, calango e timbuca, era só conhecido como "Bené da Sanfona".

Já o pessoal da obra acha que "Cimento Global" é mais uma propaganda enganosa. E Seu Pedro Pedreira alerta o servente sobre o perigo da novidade:

– Cês lembra do tal de "Cal Marx" que apareceu quando o Alemão da Loja se candidatou a vereador pelo PC do B? Ele dizia pra gente que vinha da Alemanha, que vendia muito na Rússia, mas quando a gente foi caiar aquele muro, cês lembra? O muro caiu... Essas novidades nunca dão certo. O melhor é a gente ficar com o Mauá, com o Irajá, com o Barroso e não trocar o certo pelo duvidoso.

Mas Djosilayne, Khristielly e Rosymarley, que já gostam de uma novidade, estão que é um ouriço só. Pra elas, agora, no baile do Furacão, com o MC Foguinho de São João, a chapa vai esquentar ainda mais. E aí, elas vão poder ganhar neném mais cedo, e pedir o DNA já com 11, 12 anos.

Já as irmãs Selma, Sandra e Sueli não estão nem um pouquinho "hezitada" – como escreveu a primeira num bilhete à segunda. É que, pra elas, "aquecimento global", de verdade, é namorar motorista de ônibus e ir daqui até a cidade, todo dia, sentada em cima do motor.

Agora... vibrando mesmo quem está é o Dezóio, nosso amigo e guru para assuntos de aluguel e copiagem ilícita de fitas de vídeo e DVDs.

Dezóio é vidrado em televisão e filmes de ação. E é certamente por isso ou para isso que ostenta aqueles zoião butucado (do quicongo butuka, nascer, brotar; ver a luz do dia, segundo o *Novo Dicionário Banto do Brasil*, Pallas, 2003) que lhe valeram o apelido. Então, quando ouviu falar em "aquecimento global", nosso amigo butucou ainda mais os olhos e quase teve um troço, de tão contente:

– Caraca, maluco! Agora mesmo é que não perco mais nenhuma "Tela Quente" nem "Temperatura Máxima"! A Globo é fera, mermo, né não?!

E saiu, mandando a velha fuleira:

– Tchau! A gente se vê por aqui!

VOCAÇÃO CONTRARIADA E JUSTA CAUSA

Num daqueles tristes e rotineiros casos de vocação contrariada, o Ururau, que estudava Biologia e é fissurado em Botânica, acabou tendo que ser repórter policial, num jornal da Baixada, desses que escorrem sangue por entre as letras da manchete. E ontem chegou aqui no Lote, chutando garrafa pet de guaraná Convenção, os quatro pneus arriados:
– Pô, chefia! Me limaram! Me passaram o cerol!
– Como assim? Te xobaram? Demitiram? – perguntei eu.
– É... e só por causa disso aqui, ó! – e me mostrou o texto, meia laudazinha, onde eu li:
"Confronto armado no Morro do Dendê (*Elaeis guineensis*) repercute na Mangueira (*Mangifera indica*), especialmente na travessa Saião (*Kalanchoe brasiliensis*) Lobato, leva pânico ao Salgueiro (*Salix chilensis*), provoca comoção nos morros da Congonha (*Villaresia mucronata*) e Tamarineira (*Tamarindus indica*), e leva três pro Caju (*Anacardium occidentale*)"
 Lido o texto, olhei pra cara de pau do cara e realmente lamentei.
 Lamentei que, além da justa causa, ele não tivesse levado uns justos cascudos, pra deixar de ser bobo e prestar atenção nos trabalhos.

Este livro foi composto em Quadraat Pro c.11,3/15,
impresso em papel Pólen White 80g/m²,
pela gráfica Forma Certa, em junho de 2019.